変身の牛

新・大江戸定年組

風野真知雄

角川文庫
23299

目次

主な登場人物

◆初秋亭

藤村慎三郎《ふじむらしんざぶろう》　北町奉行所の元同心

夏木権之助忠継《なつきごんのすけただつぐ》　三千五百石の旗本の隠居

七福仁左衛門《しちふくじんざえもん》　老舗の小間物屋〈七福堂〉の隠居

◆早春工房

加代《かよ》　藤村の妻。仲間たちと小間物づくりに精を出す

志乃《しの》　夏木の妻

おさと　仁左衛門の妻

藤村康四郎《ふじむらこうしろう》　藤村慎三郎の嫡男。同心

夏木洋蔵《なつきようぞう》　夏木忠継の三男。骨董の知識が豊富

富沢虎山《とみざわこざん》　暇に飽かせて初秋亭に入り浸る老人。通称〈つまらん爺さん〉

鮫蔵《さめぞう》　岡っ引き。とある事情により江戸から姿を消す

入江かな女《いりえじょ》　初秋亭の三人が師事する俳句の師匠

第一話　医術の窓

一

昨夜から朝にかけて、江戸《えど》は嵐に襲われ、ここ深川《ふかがわ》でも、一晩中、大雨と強風になぶられつづけた。

――われらが〈初秋亭《しょしゅうてい》〉に被害はなかったか……。

と、夏木権之助《なつきごんのすけ》、藤村慎三郎《ふじむらしんざぶろう》、七福仁左衛門《しちふくじんざえもん》の三人は、それぞれで心配になって、早めに家を出て来ていたが、愛する初秋亭では庭木の枝の何本かが折れ、軒下に立てかけてあった竹製の筏《いかだ》が倒れていただけで、とくに変わったところはなさそうだった。

「よかったな。なにも被害がなくて」

夏木はホッとして言った。自分の屋敷の心配はせず、初秋亭は大丈夫かと家を出ようとしていた夏木は、妻の志乃《しの》から、

「おやおや、本家より初秋ちゃんのほうがご心配みたいで」

と、嫌味を言われたほどだった。

「この家は、酔狂でつくっただけでなく、意外にしっかりした建物になってるんだな」

藤村が、柱を叩《たた》きながら言った。

「それだけじゃないよ、藤村さん。あっしが地震対策で施した補強も、役に立ったんだよ」

と、仁左衛門は、柱の上下に取り付けた三角の木片を指差して、鼻の孔《あな》をふくらませながら言った。

「そうかもしれぬ。あっちには、傾いていた家も何軒かあるみたいだからな」

夏木は、越中島《えっちゅうじま》のほうを顎《あご》でしゃくった。

「でも、これから大川《おおかわ》の水が増えてくるんじゃねえのか。嵐が去ったからって、まだ安心はできねえぞ」

藤村はそう言って、大川を見るため、二階に上がって行った。

「どうだい、藤村さん？」

仁左衛門が下から訊《き》いた。

「ああ、濁ってはいるが、水嵩《みずかさ》は来るときと比べても、それほど増えちゃいねえな」

「上流のほうの雨は、さほどでもなかったんだろう。大雨だったら、すでに水嵩は増しているはずだ」

と、夏木が言った。

深川は、出水が多い。ただ、山間地と違って、なだらかな平地なので、鉄砲水のようにはならない。水が出るときも、だらだらと水位が上がり、引くときもそろそろと下がって行く。なんだか、だらけて切迫感のない、年寄りの墓参りみたいな洪水になるのだ。

「ま、大丈夫だ。これで、いよいよ秋の到来なんじゃねえのか」

藤村がそう言って、二階から下りて来たとき、

「ごめんよ」

と、入って来たのは、つまらん爺《じい》さんこと、富沢虎山《とみざわこざん》だった。

「おや、虎山さん」

仁左衛門がそう言って、座布団を勧めた。

「これは陣中見舞いだ」

と、虎山は乾麺《かんめん》の箱を出した。

「なんの陣中見舞いだい？」

「初秋亭の壁が剝《は》がれたりして、いまごろは修理の最中かと思ったんだが、無事だったらしいな。ま、取っといてくれ」

「では、遠慮なく」

と、仁左衛門は、手土産をわきに寄せ、

「それにしても、虎山さんがお医者だったとはねえ」

改めて感心したように言った。

すると、夏木も、

「ああ。仁左から聞いたよ。蘭学をやったことは知っていたが、医者だったとは驚いたな」

と、言い、藤村は、

「隠してたなんて、ずいぶん水臭いじゃねえか。そういうのって、けっこう名医だったりするんだよな」

皮肉な笑みを浮かべて言った。

「ふん。隠していたわけじゃない。医者はやめたからだ」

虎山は、つまらなそうに言った。

「なんでやめたんだい？」

仁左衛門が訊いた。

「なんでかのう」

「患者でも死なせちまったからかい？」

「医者をしてたら、患者を死なせちまうことなど、しょっちゅうだ。そんなことは理由にはならぬ」

「では、なんで？」

仁左衛門は、しつこく訊いた。医者ほどやりがいのある仕事も、そうはないだろうという気持ちからである。

「まあ、嫌になったんだな」

虎山はふてくされたような調子で言った。

「疲れたのかい？」

「そういうところもあるだろうな」

仁左衛門は、わからないというように首を傾げたが、

「だが、医者が人一倍疲れるのは、わかる気がするな。人の命と向き合って、それを助けようとしつづけるというのは大変なことだよ。当然、悩むことも多いだろうし、しかもそれらはなかなか結論の出ることではないのだろう」

と、夏木は言った。

「それは理解のある言葉だ」

虎山は神妙な顔になって言った。

「わしも病人だからな」

「病人？」

と、虎山は意外そうな顔をしたが、

「そうか。そういえば、少し足を引きずる感じがあるから、中風でも患ったか」

「そうなんだよ」

「寝込むほどだったのか？」

「ああ。何日もな。目が覚めたときは、自分の手足ではないみたいだった」

夏木はいまも、寝て起きると、また、あのときにもどっているのではと、手足を

恐る恐る動かしてみたりする。

「それがそこまで回復したのはたいしたもんだ。並大抵の努力ではなかっただろうな」

「なあに……」

寿庵《じゅあん》といういい医者が助けてくれたのだと言おうとして、夏木は口をつぐんだ。医者相手に別の医者を褒めるのは失礼だろう。

「それにな、この国のいまの医術じゃ、人の命まではなかなか救えない。救える医術を学ぼうとすれば、お上に睨《にら》まれる。そういうことでもうんざりしたのさ」

と、虎山は諦観《ていかん》しきったような顔で言った。

「そうか」

夏木と藤村は、しょせんはそのお上に仕えてきた武士である。そう言われると、つらいところがある。

「でもさあ、あまり難しく考えずに、また、やりゃあいいんじゃないのかい？　そりゃあ死病から救い出すのは難しくても、一、二年、命を延ばしたり、怪我を治したりするくらいはできるだろうが」

と、仁左衛門が言った。

「そうだよな」

　夏木もうなずいた。

「ふん。わしなんかいまさら医者にもどらなくても、幸い、ここらにはいい医者が来てくれたじゃないか」

　と、虎山は言った。

「いい医者が？」

「ああ。ふた月ほど前に、そっちの中島町《なかじまちょう》で看板を出した真崎仁斎《まさきじんさい》という医者だよ。わしの知り合いがいま、かかっていて、話によれば、長崎《ながさき》からもどって、深川で看板を上げたみたいだ」

「若いのかい？」

　仁左衛門が訊いた。

「そうでもない。あんたたちと同じくらいだ。もともと紀州《きしゅう》藩お抱えの藩医だった」

「へえ」

「だが、蘭方をきちんと学びたいと、五十歳で職を辞し、五年間、長崎で勉強したあと、生まれ故郷の深川にもどって来たんだそうだ」

「元藩医で、長崎帰りだったら、あっしらなんざ、診てもらえないよ」

と、仁左衛門は顔をしかめた。ただでさえ、医者の代金は高いため、庶民は医者にかからず、神信心やまじないに頼るのである。それが、それほどの経歴だったら、とんでもない診療代になるだろう。

「ところが、棒手振《ぼてふ》りでも払えるくらいの安い代金で、寝る間も惜しんで駆けずり回っているんだとよ」

「へえ」

「そういう医者がいるんだ。いまさら、わしのような老いぼれが出る幕はない」

そうきっぱり言い放つと、

「さて、なんか面白い依頼が来ていないようなら、わしは帰る」

虎山は立ち上がった。

「じゃあ、あっしは虎山さんを送りがてら、中島町のその先生の家を確かめて来ようかね」

と、仁左衛門は虎山といっしょに出て行った。

二人を見送って、

「なあ、藤村……」

と、夏木が言った。

「え？」

「お前、診てもらったらどうだ？　その真崎仁斎先生でもいいし、虎山さんでもいいし」

「なんで？」

藤村は、訊《き》き返した自分の顔が強張《こわば》っているのがわかった。

「うむ」

夏木は言いにくそうにしている。

「おいらが、どこか悪いみたいに見えるのかい？」

自分の顔色はすでに病人のように青かったり、どす黒かったりしているのか。すでに死相でも表われているのか。

「いや、見た目はどこか悪いようには見えぬが、どこか悪いのではと、悩んでいるふうには見えたのでな」

「………」

夏木は千里眼なのか。

「お前、そこの『養生訓』を熱心に読んでいただろうが。ふだん薬も飲まないお前が、そういうのを読むというのは、なにか気になることでもあるのかと思ったのだ」

「なるほどな」

推測の理由がわかって、ホッとして、

「なあに、おいらもそろそろ歳かなと思っただけだよ」

「それならよいが」

と、夏木はしつこくは言わない。

藤村はやはり、身体の悩みを打ち明けることはしたくなかった。まさか、夏木に弱みを握られるのが嫌だということはないだろうが、ずっとそういう生き方をしてきてしまったのかもしれなかった。

二

同じ日の午後である。

昨日の嵐は夢であったように、いまは家中をサラサラと乾いた風が、土笛の音のように吹き渡っている。

二階では、仁左衛門が、近所の隠居二人の将棋を眺めている。この隠居二人は、始終、将棋を指しているのだが、やれば必ず、喧嘩《けんか》になるのだという。気づいたら、喧嘩になっていて、取っ組み合いに及ぶこともあるらしい。さすがに二人は「いい年寄りがなんて馬鹿なことをしたんだ」と反省し、「今日は喧嘩は無しで」と始めると、またもいつの間にかののしり合ったりしている。

「いったい、なぜ、そういうことになるのか？　初秋亭の旦那《だんな》に、見極めてもらいたい」

と、二人はやって来たのである。

「わかったよ。じゃあ、あっしの見ている前でやっとくれ」

仁左衛門は、二階の窓辺に二人を座らせ、対局の一部始終を検討中なのである。

夏木は外へ出てしまっている。

さっき、七、八歳くらいの女の子が、五匹の仔猫《こねこ》をカゴに入れて持って来て、

「おとっつぁんが、そんなに育てられないから、大川にでも捨てて来いって。そんなこと、可哀そうでできません。どうしたらいいですか？」

と、ポロポロ泣きながらやって来たものだから、夏木まで泣きそうになりながら、

「よし、よし。泣くな、泣くな。なんとかしてやる。そうだ。わしの知り合いに、一匹ずつ飼ってもらうようにしような」

そう言って、女の子を連れて出て行ったのである。

そんなわけで、いま、初秋亭の一階にいるのは藤村だけで、

——今日はこのまま、なにもなく終わってもらいたい……。

と、一階で庭を眺めながら、横になっていた。

まもなく、

「ご免なさいよ。ご免なさいよ」

二度も呼ばれたのは、自分がいぎたなく眠りこけていたからだろう。

「ん？　どうしたあ？」

寝ぼけ面のまま、藤村は目をこすった。

「お昼寝中を申し訳ありませんが」

と、玄関口に見慣れない男が立っていた。歳は五十半ばか。坊主頭に、筒袖《つつそで》を着て、かるさんを穿《は》いている。

「どなたかな？」

「真崎仁斎といいましてな」

「真崎仁斎？」

聞いたことがある名である。というか、さっき聞いたばかりの名ではないか。

「医者の?」

「あ、そうです。ご存じでしたか?」

「うん。つい、さっき、立派な医者が深川に来たという話を聞いたばかりだった」

「立派な医者じゃありませんが、深川に来たというのは本当です」

「それで、真崎先生がなにか?」

「じつは患者からこちらの話を聞きまして、相談してみてはと言われたのです」

「ま、上がんなよ」

と、藤村は座布団を勧め、

「どうしたって?」

「じつは、わたしのところに毎日やって来る男なんですが……」

「患者だろ?」

「それが、どう診察しても、どこも悪いところはないんです」

「ほう」

「それで、そのことは伝えたのですが、やっぱり調子が悪いと言っては、毎日来るんです」

「そういうやつは、頭の病なんじゃねえのかい?」

と、藤村は訊いた。じっさい、町回りの同心《どうしん》をしていたころは、そういうやつが起こす騒ぎに何度かかかわったこともある。

「そこはぜったいに違うとは言い難いのですが、受け答えをしている限りでは、とくに心配な頭の病とは思えないんです」

「ははあ」

「ただ、病とまでは行かなくても、あたしに強い恨みでも隠し持っているのかもしれません」

「なにか、恨まれる覚えはあるのかい？」

「ありません。が、医者というのは、ときに理不尽な恨みを買いかねないのです。なにせ、病というのは必ず治せるものではありませんし、逆に患者は治してもらうことを期待してやって来ますから、なかなかよくならないとどうしても医者を恨んだりしがちなんです」

「なるほどねえ」

「じっさい、そういう患者によって家に火をつけられたり、斬りつけられたりといったこともあるんです」

「先生が？」

「はい。深川じゃなく、以前にいたところなのですが」

「そりゃあ、大変だ」

虎山の話では、紀州藩の藩医だったらしいが、その名を出したくはないのだろう。

「今度もそうなのか、あるいは……ほかになにか隠している目的があるのか、そういう感じもしなくはないんです」

「ほう」

「その男のことをお調べいただいて、うまく来ないようにしていただけないものかと思いましてな」

「いいでしょう」

と、藤村はうなずいた。

富沢虎山があれほど褒めていた医者である。深川の住人にとっては、宝が見つかったようなものである。そのような人物の役に立たなくて、なんの初秋亭かという思いである。

「そいつの名前はわかってるのかい？」

「ええ。京作《きょうさく》といいます」

「歳は？」

「三十一と言ってました」

「身体は診たんだね。彫り物とか入れ墨はあったかい？」

「どちらもありません」

　ということは、やくざでも、前科がある者でもないらしい。

「商売はなにをしてるんだい？」

「いまはなにもしていないと言ってました。ただ、去年まで大坂《おおさか》で店をやってだいぶ儲《もう》かったとかは言ってました」

「儲かった？　本当なのかね？」

「着物などを見る限りは、貧しくはなさそうです」

「ふうむ。家族はいるのかな？」

「それは聞いてません」

「毎日と言ったけど、いつごろ来るかは決まっているのかい？」

「ええ。朝五つ（八時）過ぎくらいに、戸を開けると、いちばんに家の前に並んでいるのです」

「朝いちばんにか？　それは困るな」

「困るんです。あたしとしては、できるだけたくさんの患者を診てやりたいので。

それで、拝むようにして帰ってもらっているのですが」

「わかった。とりあえず、明日、五つには先生のところに行って、そいつのようすを見て、跡をつけたりしてみますよ」

「ありがとうございます。あ、あたしのところは……」

住まいを言おうとするのを、

「いや。先生のところは、ここの者が存じ上げていますので」

「そうでしたか。いや、だいぶ安心しました。あの、お礼ですが」

「お礼なんてとんでもねえ。先生のような人が深川に来てくれて、こっちがお礼をしなくちゃなりませんよ」

「いやいや。それは買いかぶりというもので。では、まあ、なにかお困りのときは」

と、真崎仁斎は安心したように帰って行った。

夏木が帰って来たのは、そのすぐあとである。

「よう。どうだった？」

藤村が訊《き》くと、夏木の腹のところで、

「みゅう」

という声がした。

「あれ？」

「うむ。四匹は引き受けてもらえたが、一匹は残ってしまった。なのでこれは、わしが飼ってやることにした」

そう言って取り出したのは、真っ黒い仔猫《こねこ》である。つぶらな目で夏木を見上げ、甘えたようにもう一度啼《な》いた。すでに夏木になついてしまったらしい。

「夏木さん。ほんとは、そいつを飼いたかったんじゃねえのかい？」

「そうなのかな」

と、夏木は苦笑した。

すると、上から仁左衛門と、隠居二人が下りて来た。

「じゃあ、喧嘩《けんか》の理由はわかったんだから、もう、やらないでくださいよ」

仁左衛門は呆《あき》れたような口調で、二人を送り出した。

隠居たちを見送って、

「なんだったんだ、喧嘩の理由は？」

と、藤村が訊いた。

「うん。じつはさ、指しているうち、必ずどっちかがイカサマをやるんだ」

「イカサマ？」

「そう。それで、すぐに指摘すりゃあいいのに、ヘボだから、すぐには気づかないんだよ。それで、しばらくしてから気がつくもんだから、そこで喧嘩になる。それも、最初のうちは我慢してるんだよ。でも、だんだん顔が真っ赤になってきてさ、プチンと切れるんだろうな、お前、この野郎って」

「あっはっは」

「それで、頭に血がのぼってしまうと、なんで怒ったのかもわからなくなってるんだ。まあ、似た者同士だから、イカサマの手口から怒り方までそっくりだよ。面白いから、ずっとやらせてもよかったんだけどね」

と、仁左衛門も笑った。

「そうか。じつはこっちも面白いことがあった」

と、藤村は言った。

「なんだ、面白いこととは？」

「そういえば、だれか来てたみたいだね」

「うむ。なんと、あの、真崎仁斎が相談に来ていたんだ」

と、藤村は、仁斎の依頼について語った。

「それは、なんとかしてあげねばな」

「まったくだ。あの人は深川の宝だからね」

夏木と仁左衛門も、大きくうなずいた。

三

初秋亭の近所にある、妻たちの早春《そうしゅん》工房は、今日も忙しい。

ひとしきり朝の打ち合わせを済ませると、仁左衛門の女房のおさとが、赤ん坊を背負ったまま木挽町《こびきちょう》の〈七福堂〉の出店を開けるのに出て行った。そっちにはもう一人、夏木家の女中も向かった。近ごろは、夏木家から女中を二人、手伝いに来てもらっているのだ。

工房では、夏木家の女中一人のほか、近所のおかみさん二人が、早春工房特製の品をそれぞれ縫っている。とくに、つくしの模様を入れた早春工房の合財袋は、つくってもつくっても間に合わないほどで、三人はそれにかかり切りだった。

夏木の妻の志乃と、藤村の女房の加代《かよ》は、薬の〈女美宝丸《おんなびほうがん》〉をつくるほうに回っている。これもまた、木挽町の店に出してみるとすぐに売り切れて、いまや「どんどんつくりましょう」ということになっている。

調合した薬を袋に詰めながら、

「加代さんが思いついたこの嗅《か》ぐ薬は、なんとかものにしたいわね」

と、志乃が言った。

志乃の前には、この前、話したときに書いた覚書がある。

「でも、これをじっさいに薬の体裁を整えようとすると、容易なことではないって、つくづく思ってるんですよ」

「煎《せん》じて、飲むようにはしないのね？」

「匂いを嗅ぐだけにしたほうがいいと思うんです」

「それだと、加代さんの専門のお香になるの？」

加代は、香道の師匠をしているのだ。

「お香というよりは、線香にしたほうが、使いやすいでしょう？」

「そうね」

「ろうそくには入れられないかとも考えたんです」

「それも面白いわね」

「でも、それだと薬っぽくないでしょう？」

「確かにねえ」

と、志乃はうなずき、

「だったら、南蛮の香水のように、水か油に混ぜて、それをふりかけるというのは？」

「それはいいですね」

「あるいは、練り物にして、身体に塗ってもいいかもよ」

「ああ、それがいちばん薬っぽいかも」

志乃は、おっとりしているようで、いろんな案を出してくれるのだ。

「とにかく、いろいろ試さなきゃ駄目ですね」

「でも、出来上がったら、たぶん物凄《ものすご》く売れる品になるんじゃないかしら」

「だって、そういうのを必要としている人が、物凄くたくさんいますから」

「なんだか大儲《おおもう》けできそうで、嬉《うれ》しくなっちゃう」

「きっと、お金儲けって、やると面白いんでしょうね」

女二人はつい、ニヤニヤしてしまう。

「そういえば、話は変わるけど、この前、ここに発句の師匠が来てたわよね」

と、志乃が思い出して言った。

「ああ、来てましたね」

「また来るとか言ってたけど、近ごろ、顔見せた？」

「いいえ。見てませんね」

「お愛想だったのかしら」

「そうでもなさそうだったけど」

「ちょっと変わった感じの人よね」

「でも、背が高くて、美人だし、うちの亭主なんかふらふらっとしちゃいそう」

と、加代が言った。

「あら、藤村さんは大丈夫よ。それより、うちのほうが心配。美人だの、若い娘だのを見ると、いちいち目を輝かすんだから」

志乃が顔をしかめた。

「なんか、ここに興味を持ってたみたいだけど、ああいう人に来られても、じっさいのところは困るかもしれませんね」

「そうよね。いまのところ、忙しいけど、どうにか仕事はうまく回っているし、皆の気もあってるしね」

と、志乃が言ったとき、噂をすれば影というやつである。

「お邪魔じゃないですか？」

入江《いりえ》かな女《じょ》が顔を出した。

「あら」

志乃と加代は顔を見合わせた。

「また、来ちゃいました」

「ああ、はい」

加代は、はっきりしない返事をしたが、かな女はさっさと履物を脱ぎ、志乃たちがいた仕事机のほうにやって来た。ここは板の間になっていて、座布団が適当に置いてあるのだが、その一つを取って自分で敷いた。

「いまは、どんな仕事をなさってるんですか？」

かな女が訊《き》いた。

「うん。ちょっと新しいことをしようと思っていてね」

志乃がそう言うと、かな女は目の前にあった紙を見て、

「香り、薬、落ち着く、爽《さわ》やか……」

書いてある言葉のいくつかを読み上げた。以前、志乃が書いた覚書を出していたのが目に入ったのだ。

「なんです、これ？」

「なんて言うか……」

志乃はとぼけたが、

「じつは、嗅ぐ薬をつくってみたいなと思ってるのよ」

と、加代が言った。

「嗅ぐ薬？」

「その匂いを嗅ぐと、気持ちが落ち着き、すっきりしたり、夜もよく眠れるみたいなものなの」

「お香ですか？」

「お香みたいにするか。南蛮の香水みたいにするか。それとも、塗るようにするかは、まだ決めてないの」

「面白い、それ！」

かな女はいきなり、素《す》っ頓狂《とんきょう》な大声を上げた。縫い物をしていたほかの女たちが、いっせいにこっちを見た。

「面白くても、じっさいにかたちにするのは大変そうなの」

「それは大変でしょう。いままでにないものですもの」

「やっぱり、ないかしらね」

「ない、ない。あたし、大きな小間物屋があると、必ずのぞいてるけど、そんなもの、どこでも見たことないです」

「やっぱり？」

「それ、つくったらぜったい売れる」

「いやあ、そう甘くはないと思うわよ」

加代が言うと、志乃もうなずいた。

「ううん。あたし、知り合いにもどんどん声をかけますよ。あたしのお弟子さんには、大店《おおだな》の主人だの、けっこう力のある人がいるんです。彼らにも手伝わせましょう」

「そんなこと……」

話が急に大きくなり過ぎたみたいで、志乃も加代もためらうような顔になった。

だが、かな女は二人の表情など見ていない。

「あたしも関わりたい。関わらせてください。それ、ぜったい売れますって。薬は名前も大事ですよ。そういうのこそ、あたしにやらせてください。ああ、なんか、未来がとんでもなく拓《ひら》けていきそう！」

と、興奮した口調で言った。

そんなかな女を、志乃と加代は呆気《あっけ》にとられたように見つめている。

四

翌朝――。

藤村は五つ過ぎに真崎仁斎の家に行ってみると、なるほど京作らしき男がすでに並んでいた。中肉中背で、そのわりに顔が大きいから、いかにも図々《ずうずう》しそうに見える。とても気で病むような男には見えない。

ぶら下げている煙草入れと煙管《キセル》は、凝った細工が入った、明らかにいいものである。確かに貧乏ではないだろう。

その後ろにいるのは、五十から七十くらいまでの女が五人。ぺちゃぺちゃとおしゃべりをしているが、京作はむっつりしたまま、戸が開くのを待っている。

手伝いをしている若い娘が戸を開け、京作の顔を見て、

「今日もですか」

と、嫌な顔をして言った。けっこう、はっきりものを言う娘である。

だが、京作はそれを無視して、なかに入って行った。すると、順番待ちをしている女たちが、いっせいに、

「まったく、あいつ、どこも悪くないくせに」

「なんのつもりだろうね」

「仁斎先生も人がいいから相手をしてるけど、叩《たた》き出せばいいのよ」

「でも、ああいうのは根に持つから怖いんだよ」

「そうだよ。刃物なんか持ち出されたら大変だよ」

と、なじり始めた。

京作は、患者のあいだでも有名になっているらしい。

それから藤村は、外で、京作が出て来るのを待った。

ここは繁盛しているというか、ありがたがられているというか、ひっきりなしに病人がやって来る。一人は戸板に寝たまま運んで来られたので、死んでいるのかと思ったら、急に目を開けて、

「これで助かった」

と言ったのには、藤村も驚いた。

四半刻《しはんとき》ほどして、やっと京作が出て来た。藤村は、五間ほどあいだを置いて、跡

をつけ始めた。

永代橋《えいたいばし》を渡って、崩橋《くずればし》は渡らずに箱崎《はこざき》のほうへ折れる。〈七福堂〉の前を通ったので、声をかけられたりしないように、顔を隠して通り過ぎる。永久橋《えいきゅうばし》を渡って、大川沿いに歩き、浜町堀《はまちょうぼり》の手前を左に曲がった。

——けっこう遠くから来てるんだな。

わざわざ深川まで来なくても、医者はいっぱいいる。金さえあれば、どこだって診てくれるだろうに、どういうつもりなのか。

浜町堀沿いに高砂橋《たかさごばし》のあたりまで来たとき、京作はわきにあったうどん屋に入った。いまから朝飯でも食うつもりらしい。

大きなうどん屋で、かなり繁盛している。

藤村もなかに入って、京作の近くに座り、朝飯は済ましていたが、かけうどんを頼んだ。京作もかけうどんを頼んだらしい。

しばらくして、京作が近くに来た店主になにか言った。

「なに?」

六十くらいの、髪が薄くなった店主が顔色を変えた。

「ここは流行《はや》ってはいるけど、味はたいしたことないって言ったんだよ」

「てめえ、いちゃもんつける気か？」

「いちゃもんなんかやあらへん。正直な感想や」

急に上方《かみがた》の訛《なま》りが出た。

「てめえ、上方の者か。おい、おれはここで、三十年商売やってんだ。上方のとぼけたような野郎には、江戸のうどんの味はわからねえんだよ」

「江戸やろうが、大坂やろうが、うまいもんはうまいんや」

京作は、代金をぱしんと縁台に叩きつけると、走って出て行った。

――あいつ、やっぱり危ないやつかもしれねえな。

藤村は急いで残りのうどんをすすり終え、代金を置いて、京作の跡を追いかけた。

土橋《どばし》のところで右に曲がると、そこは馬喰町《ばくろちょう》で宿屋が立ち並んでいる。京作は、そのうちの一軒である〈富士屋《ふじや》〉という宿屋に入った。

「お帰りなさい」

と、店の者が声をかけたので、ここに泊まっているらしい。旅の者が、わざわざ深川の医者にかかるか？　どうもわからない。

「いま、入った男だがな」

と、藤村はあるじらしき男に声をかけた。

「はい、なんでしょう?」

「京作ってやつだろ?」

さも知り合いのように言った。そのほうが、問いかけに答えてくれそうである。

「ええ」

「いつから泊まってるんだ?」

「四月からですので、もうすぐ五か月くらいになりますかね」

「宿代をため込んでるなんてことはねえだろうな?」

「ありません。ちゃんと、月ごとに前払いでいただいていますよ」

「あいつ、仕事はなにやってんだ?」

「なんでしょうね。あたしも、あまり詳しくは訊《き》いたりしないので。詮索《せんさく》すると嫌がられるんですよ。ま、人にはいろいろ事情があるというわけで」

金さえ出せば、幽霊の行列だって泊めてくれそうである。

とりあえず、居場所はわかったので、ここは引き上げることにした。

藤村は深川にもどって、仁斎の医院に行った。

仁斎は、ようやく診療に一区切りがついたらしく、茶を飲みながら休憩しているところだった。

「跡をつけてきたぜ」

「家はわかりましたか？」

「家はねえみてえだ」

「え？」

「馬喰町の宿屋に、もう五か月ほど、泊まりつづけてるんだ」

「そんなに……」

「なにやってるかは、宿の主人にも話しちゃいねえみてえなんだ」

「気味が悪いですね」

と、仁斎は眉《まゆ》をひそめた。

「途中、うどん屋に入って、うどんにケチをつけたりもしてた。やっぱり、変なところがあるのは確かだな」

「ええ」

「とりあえず、身を防ぐものは手元に置いといたほうがいいかもな。先生、剣術の心得はありますか？」

「まったくありません」

仁斎は、首を横に振った。

「だったら、刃物はやめたほうがいい」

取り上げられて、逆に斬られたり、刺されたりする。

「丸太ん棒とか？」

「そうだな。それで危害を加えられそうになったら、大声でそれを振り回し、逃げることだ。おいらたちも、朝はできるだけ、ここに来ていることにするよ」

しばらくは、藤村が来るつもりでいる。

「ありがとうございます。でも、火なんかつけられたらまずいですね？」

「それもあるか。では、桶《おけ》に水を入れて、近くに置いといてくれ。ただ、臭水《くそうず》なんか撒《ま》いたときは、水じゃ駄目だ。その場合は、蒲団《ふとん》をかぶせるといいんだがな」

「わかりました。それも用意しておきます」

「それで、明日は、よく効く薬だと言って、そこらの灰かなんかを適当に処方してみてくれないかい？」

これは、道々、考えながらきたことである。

「灰ですか」

「値段は思いっ切り高くふっかけてくれ。一両くらいふっかけてもいい」

「一両！　でたらめの薬で高い金をとるのは気が引けますが、いいでしょう。その分、ほかの患者を安くしますので」

「それで来なくなればいちばんいいが、それはわからねえ」

「そうですね」

「やくざなんかだったら、脅しつけるほうがかんたんなんだが、堅気で変なのは、かえってこじらしちまうこともあるんで、それはしないほうがいいと思うんだ」

「あたしもそう思います」

まずは、高い薬の効果に期待することにした。

五

この日の夜遅く――。

夏木権之助の長男である新之助《しんのすけ》は、弟の洋蔵《ようぞう》とともに、麴町山元町《こうじまちやまもとちょう》にある料亭〈富士見亭《ふじみてい》〉にやって来た。

飲み食いのためではない。

現に料亭は最後の客を送り出し、のれんを片付けたところである。

「女将《おかみ》。兄貴を連れて来ました」

と、洋蔵は兄を紹介した。洋蔵はこの女将に骨董《こっとう》の鑑定を依頼されたことがあり、それから何度か話をするうち、地震について調べていることを知ったのだった。

「どうも、こんな遅くにお呼び立てして申し訳ありません。店が開いているときは、ゆっくりお話しできないもので」

女将は丁寧に詫《わ》びた。歳は、父親の夏木権之助や母親の志乃あたりと同じくらいではないか。細面だが、身体は女将らしく、貫禄《かんろく》と言えるくらいの肉がついている。

「いや、こちらこそ、疲れているのにすまないな。ぜひ、女将に地震のことを訊きたくてな」

と、新之助は言った。

「はい。あたしも、お役人には知っていただきたかったんです。じっさい、お客さまでお城に出ている方の何人かには、それとなくお話ししたんですが、皆さん、いつ来るともわからぬ地震の話なんか聞いてもしょうがないって」

「いや。しょうがなくはないと思う」

「そう言っていただくと、あたしもやった甲斐《かい》があります。それで、まずは櫓《やぐら》にご案内させてください」

「櫓？」

「家のなかから上がれますので」

と、女将は案内した。

二階に上がり、廊下の奥の閉め切ってあった戸を開けた。そこには細い階段が設《しつら》えてあった。

四十段ほどの長い階段である。上り切ると、視界が広がった。

「こんなところですみません」

女将が詫びた。

洋蔵は、感心したように、景色を眺めている。

屋根のある小部屋だが、窓はなく、柱と手すりだけで、吹きさらしになっている。

その分、景色はいい。

ここは、もともと高台になっているうえに、いまいるところは、三階の屋根くらいの高さになっている。

「ここは、物干しではないのか？」

新之助が訊《き》いた。

「違います。富士見櫓です」

「というと、富士を見るための櫓なのか？」

「はい、そのために建て増ししたのです」

二人がけくらいの縁台が二つ置いてあり、その一つを新之助と洋蔵に勧め、自分も一つの縁台に座った。

「でも、夏はここで涼んだりもいたします」

「うむ。いい風だ」

「それで、地震の話ですが、夏木さまは、宝永《ほうえい》の大地震はご存じですか？」

「名前は聞いた覚えがある。たしか、富士山《ふじさん》が爆発したのではなかったか？」

「富士山は爆発しましたが、地震のあとでした。ひと月ちょっとしてから爆発したんです。でも、地震と爆発はつながっていると思います」

「なるほど」

「富士山は、また爆発しますよ」

女将は軽い口調で言った。逆に、真実味がある。

「なぜ、そう言える？」

と、新之助は訊いた。

「昔から何度も爆発しています。浅間山《あさまやま》もいっしょです」

「予測はできるのかい？」

「富士山はできると思います」

「ほう」

「周期もあるみたいですが、大昔の記録がないので、そこから導き出すのは難しいかもしれません」

「では、どうやって？」

「たぶん、爆発が近くなると、山は光るはずです」

「光る？」

「だって火を噴くんですよ。その前に山全体が熱くなり、熱くなれば湯気も出るだろうし、岩の割れ目から明かりが見えることだってあるでしょ」

「それはあり得るな」

「だから、あたしは毎晩、ここで富士山を眺めているんです」

「それで富士見櫓か。もしかして、それらも？」

と、新之助は、梁《はり》に下げてある二つの鳥かごと、隅に置いてある甕《かめ》を指差した。

「ええ。地震の前には、生きものがいち早く察知して、暴れたりすることもあるみたいなので、鳥とナマズを飼っているんです」

「なるほどな」

西の空が晴れていて、富士の影が夜空にくっきり浮かんでいる。もちろん、変に光ってはいない。

「あたしは、海から来る地震と、山から来る地震と、二つあると考えているのです」

「ほう」

意外な説に、新之助はちらりと洋蔵を見ると、この兄が見ても聡明《そうめい》な弟は、目を輝かせた。

「海から来る地震は揺れだけではなく、津波をもたらします。これが恐ろしいのです。とくに、江戸は目の前に海がある町ですから」

「たしかに」

「でも、海から来る地震は予測が難しいと思います。なにせ、波の向こうは観察もできませんし」

「そうだな。だが、万が一、来たときのために、やれることはないのだろうか？」

新之助は訊いた。これこそがいちばん知りたいことである。予測が難しくても、備えさえあれば、被害を最小限にできるはずである。

町奉行《まちぶぎよう》になるときのために、それを方策として打ち出したい。

「あります」

女将はうなずいた。

「どんなこと？」

「海に近いところでは、各町内に頑丈な船を用意しておくのです」

「船を？」

「いざ津波だというときは、それに乗り込むのです。津波に呑《の》まれずに済みますし、海に引きずり込まれても大丈夫です」

「なるほど。とすると、小さな船では駄目だな」

「小舟よりは大きいほうがいいです。町に住む人の数に合わせることも必要でしょうが、一艘《そう》に百人は乗り込める船を、いくつ造れるかだと、あたしは思っています」

「うむ。いい提案が聞けた」

新之助が洋蔵を見ると、やはり大きくうなずいた。

それから、この料亭の頑丈な造りのことや、崖崩《がけくず》れを防ぐ竹林などについて話したあと、洋蔵が、帰る間際になって、

「ところで、女将さんはなぜ、地震の研究を始めたのです？」

と、不思議そうに訊いた。

「それは、昔から地震が怖かったからよ」

「それだけ？」

洋蔵が突っ込んで訊くと、

「洋蔵さん、鋭い。あたしも、怖いのに、なぜ研究なんかするのか不思議だったの。それで、あるとき、ふと思ったの。もしかして、あたしは怖いと同時に、大地震が来るのを心待ちにしているんじゃないかって」

「へえ」

「こんなこと、あまりおおっぴらには言えないんだけど、なんか天罰みたいに、人間どもやこの暮らしを一切合切チャラにしてしまっていいんじゃないかって。そういう巨大な天罰が大地震で、心待ちとまでは言い過ぎかもしれないけど、しょせんバチが当たるんだって、諦《あきら》めてしまうことの、逆に安心感みたいな……うまく言えないけど、そういうのがある気がしてきたの」

女将《おかみ》がそう言うと、洋蔵は、

「わかります、わかります」

と、何度もうなずいていた。

六

藤村が仁斎の医院に行くため、早めに初秋亭にやって来ると、

「よぉ。早いな」

と、富沢虎山が顔を出した。

「虎山さんこそ早いね」

「昨夜読んだ戯作があまりにもつまらなくてな、腹が立って眠れなくなったのだ」

「戯作なんか読むからだよ。虎山さんみたいな人は、堅い書物を読むほうが面白いんじゃねえのかい？」

「堅いのもつまらんよ。とくにわが国の堅い書物は、屁理屈《へりくつ》だけ並べたものだらけでな。南蛮の書物には面白いものがありそうだが、それは入って来ぬし。つまらんのう。ところで、あんた、こんな早くに出て来たのは、仕事のためかい？」

虎山は、探るような目で訊《き》いた。

「そうなんだ。じつはさ……」

と、真崎仁斎のところに来ているおかしな患者のことを語った。

「それは面白いな。わしもいっしょに探らせてくれ」

「虎山さんも？」

「そういうのは、医術の知識があったほうが、謎が解けるかもしれんだろうが」

「たしかにな」

と、藤村は虎山を同行させることにした。

仁斎のところに来ると、京作はすでに来ていて、医院の前に立っていた。

「あいつだよ、虎山さん」

と、藤村は顎《あご》をしゃくった。

「なるほど。一見すると、さほど凶暴そうではないな」

「だが、ねちねちイチャモンをつけたりするぜ」

まだ他の患者は誰も来ていなかったが、それからしばらくすると、他の患者たちが一人ずつやって来て、五人ほど並んだころ、手伝いの娘が戸を開けた。

「もう、いい加減にしたら？」

と、今日もきつい言葉を言われても気にしない。

藤村と虎山は、急いで裏に回り、裏口から診察をする部屋の隣に入った。そうすることは、仁斎にも伝えてある。

ここは、生薬を保存しておく部屋らしく、薬の臭いが渦を巻いている。が、さほど嫌な臭いではない。

二人は、障子戸の向こうの会話に耳を澄ました。

「今日はなんだい？」

仁斎が訊いた。訊くまではなにも言わず、黙って座っているだけらしい。

「耳が……」

「耳が？」

「耳のなかに……」

話がやたらと間延びする。隣で訊いていると、じれったいほどである。

「耳のなかに……？」

「セミでもいるみたいに、ミーン、ミーンて鳴ってるんです」

「耳鳴りだね。珍しくないよ」

「珍しくないと言われても」

「たいしたこと、ないっていう意味」

仁斎は、もういいだろうという口調だが、

「それと足が」

「足がどうしたの？」

「しょっちゅう、つるんです」

「ふーん。それも、どうってことないけどね。あ、そうそう。それで、あんたみたいな症状によく効く薬を見つけたんだ」

「薬を？」

不審そうな声である。

「ただ、高い薬だよ。それでも、あんたに効くのは、それしかないね」

「………………」

ガサガサという音がした。用意しておいた薬を出したらしい。

「はい、これ。お代は一両」

「ちょっと待ってくださいよ、先生」

よくやく焦ったような声になった。

「なに？」

「この前は、あんたには薬なんか効かないと言ったじゃねえですか」

「でも、探して見つけたんだよ。飲んでみて」

「うーん」

まだ粘っている。

「あたしにできるのは、それだけ」

「わかりました」

「飲むの？」

「しょうがないでしょう」

どうやら、一両を取り出したらしい。

虎山は藤村を見て、

「金は持ってんだな」

と、驚いて言った。

「そうなのさ。どういうやつだと思う？」

「いわゆる頭の病じゃねえな」

「やっぱり」

「なんか、隠してる感じはするな」

と、虎山はつぶやくように言った。

「隠してる？　恨みとか？」

「いや、ここに来てるのは、別の理由があるんじゃないか？」

「ははあ」

藤村は感心した。それはいいところを突いているかもしれない。

すばやく考えをめぐらし、

「もしかして、ここを流行《はや》らなくさせようってえのかい？　別の医者あたりに頼まれたのかもしれねえな」

「それはどうかな。だいたい深川の長屋に住むような連中を診る医者など、ほとんどいないだろうよ。大名の患者なら奪い合いもあるだろうが、金にならない患者はわざわざ奪わないいな」

「なるほど」

「しかも、あいつは金は持っているらしい。そういうケチ臭いことでは動いていない気はするな」

「そうだよな」

女の声で、症状を訴える声がしてきた。京作は出て行ったらしい。

藤村は、今日はもう跡をつける気はない。一両をたいしてためらいもせず払ったところを見ると、なんだかんだと言い訳をつけて、たぶん明日もやって来るのだろう。

七

仁斎の医院から表に出るとすぐ、

「腹が減ったな」

と、虎山は言った。

「朝飯は食ってないのかい？」

「だいたい、わしは朝は起きるのが遅いんだ」

「年寄りは朝が早いと聞くけどね」

「早過ぎて、明るくなってから二度寝するんだ」

「なるほど」

「そこのうどん屋はうまいかい？」

と、隣のうどん屋を指差した。

おやじがちょうど、店を開けたところである。ここは、漁師の客が多いので、朝は早めに開けるのだ。そのかわり、夕方にはもう閉まっている。

「まあまあだね。朝食う分にはいいかもしれねえよ」

「なんだ、そりゃ」

「ま、食えばわかるよ。一杯付き合うよ。おいらも久々にここのうどんを食ってみたくなった」

のれんを分けた。

「おや、藤村の旦那《だんな》」

調理場のおやじは、藤村を見て言った。紺の筒袖《つつそで》を着て、鉢巻を頭に巻いている。眉毛《まゆげ》はやけに濃いが、髪は薄く、髭《ひげ》もない。

「久しぶりだな」

と、藤村は言って、縁台に座った。

土間に縁台を五つほど並べただけの、なんの飾りもない、白いうどんのように、殺風景な店である。ただ、殺風景なだけあって、不潔感はない。風通しもよく、冬はともかく夏場は居心地もいい。

「近ごろ、旦那の倅《せがれ》のほうが回ってるって聞いたけど」

調理場でおやじが言った。

「ああ。おいらは隠居だよ」

「羨《うらや》ましいね」

「馬次《うまじ》は幾つになったんだい？」

藤村は訊《き》いた。馬次というのが名前らしい。

「来年、五十だよ」

「うどん屋は、七十になってもやれるだろうよ」

「まあね」

虎山は、壁の品書きを見て、

「天ぷらうどんの天ぷらはなんだい？」

「今日はイカだ。いまから揚げるから、ちっと待つぜ」

「ちくわうどんは？」

「すぐだよ」

「だったら、それ」

「おいらは、かけうどんでいい」

と、藤村は言った。

うどんが茹《ゆ》で上がり、別の鍋《なべ》から汁をかけて出来上がりである。

どんぶりを持ち、まず汁をすすった。

「ほう」

と、虎山が言った。

つづいてうどんをすすった。今度は微妙な顔をしている。

「ここのうどんは、汁はうまいが、うどんがだらしないんだ」

藤村が笑って、

「たしかに、これは腰がなさすぎるな」

虎山も賛成した。

「だいたい、馬次はもともと猟師だったんだ。海の漁師じゃないよ。山のほうの猟師」

「熊や猪を獲《と》るほうか？」

「そうそう」

「なんでまた？」

「おやじが口うるさい人で、漁に出るのが嫌になり、おまけに魚も嫌いになったんだと。それで、おれは山に入るって、丹沢《たんざわ》あたりの山に入ったんだよ」

「へえ」

「十五のときから二十年くらいは、そっちで食ってたんだ。ところが、とんでもなくでかい熊に出くわして……な、馬次？」

「え？」

馬次は二人の話を聞いてなかったらしい。

「あんた、丹沢の山で熊に出くわしたんだよな？」

「そう。金太郎《きんたろう》が相撲取ったやつだよ。でも、金太郎と違って、負けたんだよ。それで、崖《がけ》から落ちて、足を折り、山登りができなくなったってわけ」

馬次は自慢するみたいな口調で言った。

「それでうどん屋か？」

虎山が呆《あき》れて訊いた。

「だって、いまさら魚はやれねえよ。兄貴や妹にも、笑われるし。うどんがいちばん簡単なんだよ」

「たしかに簡単だわな」

と、藤村は笑った。

調理場の向こうに目をやると、仁斎の診療部屋が見えていた。

仁斎は後ろ姿だが、患者の顔が見える。

ということは、患者はこっちが見えているはずである。が、患者は仁斎になにかを訴えかけているらしく、こっちには目もくれない。

と、藤村が言った。

「あ」

「どうした?」

「閃《ひらめ》いたよ」

「なにが?」

「野郎が毎朝、通って来るわけだよ」

八

次の朝——。

藤村は、真崎仁斎の医院に来て、京作が来るのを待った。京作より早く、虎山がやって来て、

「さて。あんたの推測が当たってるかどうか、楽しみだな」

と、からかうような笑みを浮かべて言った。

「虎山さん、楽しそうだぜ」

「え?」

「いつも、つまらん、つまらんと言ってただろうが。こういうのは、つまらなくないのかい？」

藤村がそう訊くと、

「面白い謎を解くのは、やはり面白いだろう。他人が外すのは、もっと面白いかもな。ひっひっひ」

「そりゃあ、素敵な心延《こころば》えだ」

と、藤村は苦笑した。虎山は、やはり、相当ひねくれてしまっているらしい。

そうこうするうち、京作がやって来た。

仁斎の医院の前に立つとすぐ、藤村は声をかけた。

「よう。あんた、うどん屋だろ？」

「え？」

「それで、馬次のうどんの秘密を盗みたいんだろ？」

藤村は、責める口調ではない。笑みも浮かべている。

その笑みに安心したように、

「なんでわかりましたんや？」

「あそこから、隣の調理場がのぞけるからな。毎日来るわけは、ほかに考えられねえ」

「ああ」

「白状しなよ」

「当たりです」

京作がそう言うと、虎山が後ろで、

「ほう」

と、感心したように言った。

「わしは、江戸でいっちゃんうまいうどん屋をやりとうて、いろいろ食べて歩いたんやけど、あの馬次さんの汁にはかなわへん。どないしたら、あの味が出るんか、なんとか秘密を盗もう思いまして」

「でも、仁斎さんは迷惑してるぜ」

「それは……」

「てめえのやりたいことのためなら、他人の迷惑などどうでもいいってか？」

藤村は、今度はきつい口調で言った。

「そうは言いまへん。わかったときは、先生にもわけを打ち明けて、相応にお詫《わ》びはしますんで」

「だったら、今日で終わりにしろ」

「せやけど、それは……」

「盗まなくても、馬次に訊《き》けばいいだろうが」

「教えるわけ、ありまへんて。料理人いうんは、自分が考案した秘伝の味はぜったいに教えへんもんなんです」

「それがそもそも間違いだ。馬次は自分のことを料理人だなんて思っていねえぞ」

「そんな阿呆《あほ》な」

「嘘だと思うならついて来い」

と、藤村は馬次のうどん屋に入り、京作を手招きして、

「おい、馬次。こいつは、江戸でいちばんのうどん屋をつくりたいそうだぜ。それで、いろいろ食い歩くうち、おめえのうどんの汁の味に感心したんだそうだ。この味の秘密を盗みたくて、毎朝、隣の医院の窓からのぞいていたんだと」

「そりゃあ、ご苦労なこった」

馬次は鼻で笑った。

「汁はどうやってつくってんだい？」

藤村が訊いた。

「飲んでわからねえかい？」

馬次は京作に訊いた。

「かつお節に、干しシイタケ、あと季節で違うキノコが入るのはわかったで。それと、醤油《しょうゆ》と塩や」

「へえ。キノコの違いもわかったかい。そりゃあ、てえしたもんだ」

「せやけど、もう一つ、いちばん肝心なやつがわからへん」

「じゃあ、今日もゆっくり食って、考えてみたらどうだい？」

馬次がそう言うので、三人でいっしょにうどんを食うことにした。もともと藤村と虎山は、ここで朝飯を食うつもりだった。

三人の前に、かけうどんが並んだ。

京作はゆっくりすすった。

「わからへん」

何度も首をかしげた。

藤村は最初から知ろうという気もない。虎山も、味の秘密は興味がないらしい。

「わからねえだろ。そこらにあんまりねえもんだから。猪だよ」

「猪！」

「あれの骨まわりの肉を煮込むとうめえだしが出るんだ。おれは昔、猟師をやってたから、わかるんだよ。ただ、煮込むときの臭いが嫌がられるから、あれだけは家でつくって、こっちに持って来てるんだよ。だから、ここの調理場をいくらのぞいたって、わかるわけねえよな。へっへっへ」

「猪は考えへんかった」

「それも、いきなり煮込んじゃ駄目だ。一回、茹《ゆ》でこぼさなきゃ、臭みが取れねえよ。まあ、それなりに手間はかかってるのさ」

「たしかに」

と、京作はうなずいた。

「だから、こんなにうめえし、流行《はや》ってるのさ」

馬次が言うとおり、いつの間にかほかの客で、縁台はすべてふさがっている。馬次も、話の相手はしながらも、絶えずうどんを茹でているのだ。

「せやけど、汁は素晴らしいけど、うどんはあかんな」

と、京作は言った。

「柔らかすぎるってか？」

「へえ」

「おめえも、こし党か」

「こし党？」

「うどんは、こしが強くないと駄目だってんだろ？」

「そりゃあ、そうでっしゃろ。そばかていっしょですがな」

「くだらねえな」

「くだらねえ？」

京作はムッとした顔をした。

「こしなんざ、おれだって強くしようと思えばできるよ。踏んだり叩《たた》いたり、うどんを苛《いじ》めてやりゃあいいんだろうが。でも、あんな硬くなったのを好むのは、通づらした暇な野郎だけだ。ここの客は皆、さっと食って漁に行かなくちゃならねえ。舟の上で、いつまでも胃に残ってるようなものを食いてえか。まあ、おめえは上品な町で、江戸でいちばんとやらの店をつくるがいいや。だが、おれはこの町でいちばんのうどん屋だと思ってるからさ」

「…………」

京作は言葉もない。黙って三人分の銭を払い、うなだれて出て行った。もう、仁斎のところに来ることもないはずである。

改めて店のなかを見ると、満員の客は凄《すご》い速さでかっこむと、銭を払い、あっという間に出て行く。それが、繰り返されていくのだ。

うどんと朝の活気。これも深川の名物だろう。

「そうなんだよ」

と、藤村はうなずいて、

「食いつけると、これはこれでうまいんだよ。この、だらしないうどんは、胃もたれもしねえんだ」

「あんた、胃もたれするのか？」

と、虎山が訊いた。

「いや。なんで？」

「ときどき、胃に手を当てているみたいだったから」

「…………」

それは気がつかなかった。

「仁斎にでも相談すりゃあいいだろう」

「なあに、飲み過ぎなんだ。ちっと酒を控えることにするよ。それより、虎山さんこそ、退屈してるくらいなら、医者をやりなよ」

「嫌だ。わしはやめたと言っただろうが」

虎山はそう言って、うどんの汁をうまそうに飲み干したのだった。

第二話　玩具《おもちゃ》の牙

一

仁左衛門が、初秋亭の入り口に置いた甕《かめ》のなかのナマズの動きを観察していると、

「どうも先日はお世話になりました」

と、やって来たのは、将棋好きの隠居二人だった。

この二人、将棋を指すたびに喧嘩《けんか》になるのだが、なんで喧嘩をしたのかわからなくなるというので、仁左衛門の見ているところで対局させたのである。

すると、どちらかがかならずイカサマをして、それをヘボ同士だからすぐには気がつかず、あとになってなんかおかしいというので喧嘩が始まり、しかもカッとなったあとは怒ったわけすらわからなくなるという、どうにも間抜けな二人なのだ。

仁左衛門がそのことを指摘してやると、二人はとりあえず納得して帰ったのだった。

「よう。もう喧嘩はしてないかい？」

仁左衛門は訊《き》いた。

「ええ。あれ以来、いっぺんも喧嘩はしてません」

と、二人とも禿頭《はげあたま》だが、頭頂部が尖《とが》ったほうが言った。

「そりゃあたいしたもんだ。やっぱりイカサマはやめにしたんだ？」

「いや、それは無理ですよ」

「それは無理って？」

「だから、イカサマはしてもいいことにしたんですよ」

禿頭でも頭頂部がへこんだほうが言った。

「え……」

「いやね、すぐに見つかったときは、それはもちろん駄目ですよ。でも、気づかなかったときは、気づかないほうも悪いんだから、それはよしとしようと」

「…………」

「そう決めたら、喧嘩はいっさいなくなりました。な？」

へこんだほうが、尖ったほうを見た。

「そうなんですよ」

尖ったほうは、満足げにうなずいた。

「…………」

凄い将棋もあったものだが、二人だけでやっている分には、そういうのもいいのかもしれない。

「それで、すっかりお世話になったんで、これはお礼ですよ」

と、将棋最中《もなか》と書かれた箱を差し出した。

「なんだ、気をつかってもらってすまないね。じゃあ、お茶でも飲んでいきなよ」

いままで立ち話をしていたのだ。

「いやいや、いまからあたしのとこでまた、ちょいとやるもんで」

尖った禿頭のほうが、二本の指で駒を進めるみたいな恰好《かっこう》をすると、二人なかよく帰って行った。

箱を開けると、将棋の駒のかたちをした最中がいっぱい詰まっている。ざっと数えたら、三十個もある。

「こんなには食べきれないよ」

と、隣の番屋にお裾《すそ》分《わ》けしてやることにした。

「ごめんよ」

番屋をのぞくと、町役人《ちょうやくにん》の一人である清兵衛《せいべえ》がいて、ちょうど八百屋の店主の八《はち》五郎《ごろう》が訊《たず》ねて来たばかりのところだった。八五郎は四十前の、やたらと声の大きい男で、夕方、売れ残りの叩《たた》き売りが始まると、半町離れた初秋亭にいても、やかましいくらいである。

「お裾分けだよ」

と、仁左衛門が将棋最中を十個ばかり、火鉢の横に置くと、

「こりゃどうも。ちょうどいいや。八五郎がおかしなことがあったって、いま来たところなんですがね。八つぁん、七福堂の旦那《だんな》にも聞いてもらいなよ」

「ああ、いいですよ」

八五郎はうなずき、

「じつは、向こうの巽橋《たつみばし》の手前を左に曲がって数軒行ったところに、〈土佐屋《ときや》〉のご隠居の家がありますでしょう」

「うん、あるね。弥右衛門《やえもん》さんだ」

と、清兵衛がうなずいた。仁左衛門は、その人とは面識もないし、家も知らない。

「そうです。その弥右衛門さんが、さっき、あっしがちょうどお邪魔しているときに、亡くなっちまったんですよ」

「弥右衛門さんが亡くなったあ？　元気そうだったけどな」

清兵衛が不思議そうに言った。

「そうなんですよ。それが、庭でふらふらっとしたら、急にバタっと倒れたんですよ。あっしはいっしょにいた女中のおきよさんと、慌てて駆けつけたんです。おきよさんが、『ご隠居さん、しっかりしてください』と声をかけたら、旦那が苦しそうにこう言ったんですよ。『あたしは、竹トンボに殺された』って」

「竹トンボに殺された？　どういう意味だい？」

仁左衛門が訊いた。

「意味なんかわかりませんよ。それから、苦しそうに眼を閉じてしまいました。おきよさんが、『お医者を呼んで来ます』って言って、いなくなっちまったから、あっしもどうしたらいいかわからなくて」

「そういうときは、水を飲ませたりするんだよ」

と、清兵衛が言った。

「ええ、それは思いつきました。それで、台所に行って、柄杓《ひしやく》に水を汲《く》み、もどってご隠居に飲ませようとしたんですが、飲みやしませんよ」

「やっぱり亡くなってたんだな」

「そうだと思います。それで、あっしはしばらく呆然《ぼうぜん》としていますと、おきよさんが医者を連れてもどって来ました。ところが、その医者というのは、向こうの玄庵《げんあん》さんだったんです」

「あれは金創医だろうが」

「ですよね。それでも医者は医者だろうというんで、玄庵さんは、ご隠居の脈を取ったり、目ん玉をひっくり返したりして見てたけど、『ご臨終です』って」

八五郎はそこまで話すと、

「いやあ、驚いたのなんのって」

と、仁左衛門が持って来た将棋最中を、ぱくりと食べて、

「そういや、この将棋最中も土佐屋の売り物でしたね」

「そうだったな。それにしても、大変だったな」

と、清兵衛は八五郎をねぎらった。

「でも、気になるのは、最後に言った言葉ですよ。なんせ、殺されたって言うんですから」

「確かにそれは聞き捨てならねえ」

清兵衛はうなずき、

「初秋亭で調べてあげたら？」

と、仁左衛門を見て言った。

だが、仁左衛門は首を横に振り、

「馬鹿言っちゃいけないよ、清兵衛さん。殺されたって言うなら、それは人殺しだよ。初秋亭が扱える話じゃねえ。町方の旦那たちの出番だよ」

そう言ったとき、番屋の前で、

「おかしなことはなかったかな？」

と、声がした。

「お、ちょうどいい。康四郎《こうしろう》さんだ」

本所《ほんじょ》深川回りが担当の、藤村の息子の康四郎が、岡っ引きの長助《ちょうすけ》とともに、見回りに来たところだった。「ない」と言えば、そのまま通り過ぎて行くのだ。

「おかしなこと、あったよ、康四郎さん」

仁左衛門が、外にいる康四郎を手招きした。

二

「土佐屋の隠居の顔は覚えていたか、長助?」

と、康四郎は歩きながら訊《き》いた。

「なんか、おとなしい感じの人だったよね。眉《まゆ》のところに黒子《ほくろ》があったよ」

長助は、他人がいないところでは、康四郎に対しては友だちのように話す。康四郎もそうしろと言ってあるのだ。

「あったな。それで、猫背気味でな」

「あ、そうそう」

「でも、せっかく顔を覚えても亡くなっちまうんだよなあ」

康四郎と長助は、本所深川の住人すべての顔と家を覚えることにした。だが、父の慎三郎からは、本所深川に町人はおよそ四万六千人ほどいると教えられた。その言葉の裏には、やれるわけがないという嘲《あざけ》りがある。

だから、なおさら二人は、競い合うように、顔や家、できれば名前まで覚えようとしているのだ。

「そりゃあ、しょうがねえよ、康さん」

「まあな」

その土佐屋の隠居の家にやって来た。

「ここだな」

こぢんまりした二階建ての家だが、生垣に囲まれた庭はかなり広い。さすがに有名な菓子問屋の隠居家である。

玄関には、「忌中」と書かれたすだれが下がり、線香の匂いが外まで流れて来ていた。

「ごめんよ」

声をかけ、なかに入ると、土佐屋のほうから来ているらしい手代ふうの男が、

「なんでしょうか？」

「ちと、訊きたいことがあるんだ。話がわかるのは？」

「旦那さまがいらしてますので」

「うん。仏の前じゃなんなので、庭のほうで聞かせてくれ」

そう言って、康四郎と長助は庭へと回った。

旦那《だんな》はまもなくやって来た。

歳は三十を少し越したくらいではないか。菓子屋の旦那らしく、ふっくらと肥え、いかにも鷹揚《おうよう》そうである。

「おやじさんの死ぬ間際に言ったことは聞いたかい？」

康四郎が訊いた。

「ええ。竹トンボに殺された、と言ったとは聞きました」

「どう思った？」

「おだやかな話じゃないし、だけど、竹トンボでしょ。なにかの喩《たと》えかなとも思ったりして、町方にお話しすべきか、迷っていたところでした」

「なるほど」

と、康四郎はうなずいた。それがまっとうな判断だろう。

「誰かに恨まれてたりってことは？」

「おやじは、隠居してもう五年になりますし、いまさら商売敵がどうこうということはあり得ないでしょう。深川ではもっぱら読書三昧《ざんまい》で、あまり人付き合いはしていないと聞いてました」

「おやじさんは幾つだった？」

「七十六でした」

「惚《ぼ》けてたということは？」

「どうでしょうか。歳を取るにつれて無口になりましてね。しゃべらないと、粗《あら》が見えないので、もしかしたらいくぶん惚けてはいたのかもしれません」

「女のほうは？」

「還暦前は、吉原《よしわら》あたりに通っていたみたいですが、いまはもう、そっちの元気はなかったんじゃないですかね」

「冗談を言ったってことはねえかい？」

「いやあ、おやじは冗談なんか言う人間じゃなかったです」

「竹トンボに心当たりは？」

「あたしは知らなかったのですが、おきよに訊いたら、竹トンボがよく庭に飛んで来ていたそうです。掃除をしてて、庭に落ちていたことが、何度かあったみたいです」

「その、おきよの話を聞きたいね」

「呼んで来ましょう。あたしは？」

「うん。代わってくれていいよ」

旦那は母屋に引っ込んで、おきよがやって来た。喪服ではないが、数珠《じゅず》を手にしている。歳は五十くらいか。小柄で痩《や》せている。

「旦那の最後の台詞《せりふ》は、あんたもはっきり聞いたのかい？」

康四郎は訊いた。

「はい。あたしは、竹トンボに殺されたって」

「苦しそうに言ったのかい？」

「ええ。胸を押さえてました」

「そのとき、庭にはほかに誰もいなかったんだな？」

「いませんでした」

「身体に傷なども？」

「そんなものないです」

「毒を飲んだみたいなことは？」

「毒なんて……ご隠居さまとあたしは、ほとんど同じものを食べてますが」

「そうか」

康四郎は長助を見た。

「検死役を呼ぶまでもないよな？」

「話を聞いたところでは、心ノ臓の発作ですかね」

「だよな」

　と、康四郎はうなずき、

「倒れたときは、竹トンボは飛んで来てたのかね」

「と、思います。そこに、あります」

　おきよは、三間ほど先の地面を指差した。

「あれか」

「片付けるの、忘れてました」

　康四郎は、自分でその竹トンボを拾った。

　羽のところは赤色に塗られているが、軸に色はついていない。売り物にしては、素朴な造りである。たぶん、手製の竹トンボではないか。

「これは、よく飛んで来てたのか？」

「たぶん。旦那さまが庭にいるときに飛んで来てたみたいです」

「いつごろから？」

「あたしが知っているのでは、半月前くらいですが」

「ふうん」

　康四郎は、なんということもなく、空に向けてその竹トンボを回した。

「おおっ」

その竹トンボは、思いがけないくらい高々と、華やかな夢に飛びつく少女のように、秋の気配のする青空に舞い上がって行った。

三

藤村慎三郎は、大川の土手にいた。

金太《きんた》という苛《いじ》められっ子の少年に、武術を教えている。

棒に布をぐるぐる巻きにしたもので、金太を殴るようにしている。当たってもたいして痛くはない。

「逃げるんじゃねえ。かわすんだ。のけぞるようにしてな」

相手の攻撃をかわす稽古《けいこ》をさせている。

「腕は使っていいぞ。そう、撥《は》ね上げるようにするんだ。先をよく見て。先っぽが、相手のげんこつだと思うんだ」

金太の動きは悪くない。思ったよりすばしっこい。

むしろ、藤村のほうが息が切れてきた。川風は心地良いが、汗が滴り落ちる。これしきのことで。つくづく歳はとりたくない。

「おい、藤村さん」

仁左衛門が呼んだ。初秋亭の二階から、こっちを見ていた。

「どうした？」

「例の土佐屋の隠居のことを、康四郎さんが聞いてきたよ」

「いま、行く」

と、返事をし、金太に向かって、

「ちゃんと飯は食ってるか？」

「うん」

「もっと骨をしっかりさせるように、魚をいっぱい食え。おっかあが買って来ないときは、自分で釣れ。それと、あのへんの川を漁《あさ》ると、しじみも採れるぞ。貝も、身体に肉をつけるんだ。しっかり食うのも、強くなるには大事なことだからな」

「わかったよ」

「じゃあ、また、三日後くらいに来い」

金太を見送って、初秋亭にもどった。

さっきは来てなかった夏木権之助もいて、黒い仔猫《こねこ》を抱いている。夜のように黒いので、「夜雄《よるお》」と名づけたのだそうだ。ここは、夜になると誰もいなくなるので、浜町《はまちょう》の屋敷のほうで飼うことにして、ときどきこうして連れて来る。どうやら、可愛くてたまらないらしい。

「それで、どうだった？」

藤村が康四郎に訊《き》くと、あの隠居家でのやりとりをざっと語った。

「なるほどな」

藤村がうなずくと、

「これがその竹トンボです」

と、康四郎は父親にそれを手渡した。

「証拠の品だろうが」

「いいんです。いっぱい、ありましたから。ざっと、三十本。隠居は飛んできたのをぜんぶ、拾って取っておいたんです」

「ほう」

「どう見ても、子どもの玩具《おもちゃ》でしょう」

「まあな。明日も飛んで来るかどうかだな」

と、藤村は言った。

「飛んでこなかったら？」

「隠居を殺そうとして、飛ばしてたんだ」

「そんな馬鹿な」

と、康四郎は笑い、

「どうやって、竹トンボで人殺しができるんですか。隠居は、発作で頭がぼんやりして、世迷いごとを言ったんですよ。だいたい、もしかしたら惚《ぼ》けてきてたかもしれないと、息子も言ってましたから。父上。この件は、これで終わらせてもらいます。おいらたちは、忙しいので」

と、康四郎は長助をうながし、立ち上がった。

「じゃあ、初秋亭がやるぜ」

藤村が言った。

「どうぞ、どうぞ」

康四郎は呆《あき》れたように出て行った。

仁左衛門は、茶をすすりながら将棋最中《もなか》を食べ、

「ほんとにやるのかい、藤村さん？」

「嫌なら仁左はやらなくてもいいぞ」

「いや。あっしはやりたいよ」

「夏木さんは？」

藤村が訊いた。

「もちろんわしも手伝うが、しかし、これは初秋亭始まって以来の難問ではないかな」

夏木はそう言って、二つめの将棋最中に手を伸ばした。

藤村は、近ごろ甘いものに手が伸びない。

四

翌日——。

夕方になってから、藤村と仁左衛門は、土佐屋の隠居の家にやって来た。すでに、通夜と葬儀が終わっていて、女中のおきよがぼんやり縁側に腰をかけていた。

「おいらたちは、熊井町《くまいちょう》の初秋亭ってとこの者なんだけどな」

「あ、はい。亡くなったご隠居さまから聞いてました」

「ええ。なんでも相談に乗ってくれるらしいので、竹トンボのことで訪ねてみようかって」

「初秋亭のことを？」

「そうだったのか」

もし、来てくれていたら、どうなっていただろう。

「やはり気になっていたんだな」

「だと思います」

「誰が飛ばしていたかはわからなかったのかい？」

「ご隠居さんは知っていたと思いますよ」

「だろうな」

「いつも、向こうから来ていたみたいです」

と、おきよは掘割のほうを指差した。

「ということは、舟の上から飛ばしてたのか」

藤村は、庭の隅に行き、掘割を見下ろした。もっぱら漁師が海に舟を出し入れするのに利用している堀である。

「今日は来てたかい？」

仁左衛門がおきよに訊いた。

「いいえ。来てません」

「てことは？」

「目的を達成したってことだろうな」

と、藤村は言った。

「じゃあ、やっぱり弥右衛門さんは殺されたってこと？」

仁左衛門はまだ半信半疑らしい。

「そうに決まってるだろうが」

と、藤村は言い、

「なあ。ご隠居は、竹トンボのことを何か言ってなかったかい？」

「そういえば、子どものころはよく飛ばしたっておっしゃってました」

おきよが答えた。

「子どものころにな」

子どものころは皆、やった。凧《たこ》を上げ、独楽《こま》を回し、竹トンボを飛ばした。やっていない子どもを探すほうが難しい。

「残っている竹トンボだけど、おいらたちも何本かもらってもいいかい？　いろいろ、ご隠居のことを訊いて回るときに役立つかもしれねえ」

「あ、はい」

おきよは、母屋に取りに行き、七、八本ほど持って来た。

「おう、そんなに。すまねえな」

「いいえ。それより、思い出したことがありました。ご隠居さまの子どものころの友だちが訪ねて来たことがあったんです」

「いつごろ？」

「半月近く前ですか。最初は懐かしそうに話していたんですが、帰ったあとは、やっぱり幼なじみとは会うもんじゃないなとおっしゃって。ひどく寂しそうでした」

「半月近く前？　竹トンボが飛んで来るようになったのといっしょだろうが」

藤村の目が、同心だったころのように、キラリと光った。


二人がいるところは、掘割を挟んで反対側の岸である。

歩いていたのは、旗本の黒旗英蔵《くろはたえいぞう》と、用人の舘岡三十郎《たておかさんじゅうろう》だった。二人は、支援者である深川の古くからの船主と会ってきたところだった。

「夏木新之助という者が候補の一人なのか？」

と、黒旗が訊《き》いた。

「それも、かなり有力だそうです」

「ふうむ。夏木か、夏木ねえ」

黒旗は、空を仰ぐようにした。

「ご存じですか」

「子どものころ、川で遊んだのは、たしか夏木権之助といったな」

「その倅《せがれ》です」

用人はすぐに言った。

「倅か。当人ではなく」

「ええ」

「あの夏木権之助だったら、わしは勝てぬかもしれぬ」

「そうなので？」

「なんだろう。いわゆる優等生とはまったく違うのだ。学問もそれほどできなかったのではないかな。だが、子どものころから鷹揚《おうよう》でな。なんというか、懐の深さを感じさせるやつだった。あれがそのまま大人になっていたら、たぶん町奉行のような大役に似合うかもしれぬ」

「倅は違いますな」

用人は皮肉な笑みを浮かべて言った。

「どう違う?」

「そつのない優等生です」

「それなら勝てる」

と、黒旗は言った。

そのとき、掘割の反対側から、竹トンボが飛ぶのが見えた。

竹トンボはびっくりするくらい、高く舞い上がって行く。

それを見ながら、

「勝てる、勝てる」

黒旗は嬉《うれ》しそうに言った。

五

その次の日の夕方——。
藤村と夏木と仁左衛門は、佃島《つくだじま》に来ていた。

土佐屋の旦那《だんな》に改めて訊いたところでは、弥右衛門はこの佃島で生まれ育ったのだという。十六、七くらいまでは、ここにいたらしい。そのころは、弥七《やしち》といった。

「幼なじみというからには、向こうもこの島の出身だろう」

と、藤村は言った。

「藤村さんは、その幼なじみが臭いと睨《にら》んだんだ？」

仁左衛門が訊いた。

「そりゃそうだろうよ。あとは、どうやって殺したかを探るだけだ」

藤村はうなずいた。

佃島は、漁師の島である。稲作はもちろん、畑にするような土地もほとんどない。

そのかわり、周囲に恵み豊かな江戸湾がある。

ここから、あれほど大きな菓子屋が生まれたというのも、思えば不思議かもしれない。

島の古老を訪ねた。

古老の家は、渡し場があるほうとは反対側の沖に面したほうにあった。

「弥七？」

古老は、藤村たちの問いに、一瞬だけ考えたが、

「ああ。土佐屋の？」

と、すぐに思い出した。

「そっちに高い木が見えてるだろう」

「ええ」

佃島は、二つに分かれていて、あいだを橋がつないでいる。古老の家は、東側の島だが、木は西側の島に見えている。

「弥七は、あの木の下の家で生まれ育ったんだ。子どものころから賢くてな、漁師はやりたくねえなんて言ってたものさ」

古老は、八十は過ぎているのか、日焼けが内臓のほうまで染みているのではないかと思えるくらい、赤銅色になっている。だが、記憶のほうは、しっかりしているらしい。

「弥七には、仲のいい幼なじみはいなかったかい？」

藤村が訊いた。

「いた。又六《またろく》だろう。住吉社《すみよししゃ》の隣で生まれたんだ。あれも子どものころから賢くてな。弥七も賢かったが、又六はその上をいってた。しかも、手先が器用で、なんだって自分でつくってた。親は船大工でもねえのに、又六は十くらいで、自分で舟をつくってたからな。ちゃんと乗ることもできて、漁にだって出られるくらいのやつだぜ」

「へえ」

「弥七と又六が仲良くなったのは当然だわな。ここらの子どものなかじゃ、群を抜いて賢かったんだから」

「なるほどな」

「同い歳でな。ただ、又六のほうが兄貴分で、弥七は又六を尊敬してるという組み合わせだったわな」

「その又六はどうなったんだい？」

藤村がさらに訊いた。夏木と仁左衛門は、黙って二人のやりとりに耳を傾けている。

「あれは、なんでもつくれたんだが、そのうち、おれは仏を彫るとか言い出したんじゃないかな」

「仏を？」

「ああ。かたちだけのものはつまらなくなったんだろう。そうすると、心のなかのものを彫りたくなるんだろうな。なまじ賢いと、そういうことを考えるんだな。まあ、それはわかる気がするよ。おれだって、毎日、毎日、魚を釣ってたら、そのうち魚じゃねえなにかを釣り上げたくなったもんだよ」

そう言った古老の顔が、銅でつくられた仏像みたいに見えた。

「じゃあ、仏師に？」

「それは、京都《きょうと》に行かなくちゃなれねえとか言い出したんじゃねえかな。それで、京都に行く金をつくりたいと、又六は弥七を誘って、商売を始めたんだよ」

「菓子屋を？」

「いや。菓子屋じゃなかった。なんか、鉄板の上で、なんでも焼いて食わせるって商売を始めたんだ。粉に、貝を細かく切ったやつだの、小魚だの混ぜて、さっと焼き上げるわけさ。煎餅《せんべい》ほどは固くしねえでな。なかなかうまいもんだったらしいぜ。そうだ、弥七は土砂みたいだから、土砂焼きって名づけたと言ってたな。弥七のいまの土佐屋ってのは、そこから出てきたらしいぜ」

「そうだったのか」

どしゃ屋では屋号にふさわしくないだろう。

「土砂焼きが元ってのは、いまはあんまり言ってねえみてえだがな。だいたい、土砂焼きを考えたのも、又六だったし、商売がうまくいったのも、又六の才覚だろう。

だが、菓子屋にしたのは、又六がいなくなってからだから、弥七の力だわな」

「土砂焼き屋はここで？」

「ここじゃ、客の数は知れてるさ。向こう岸だよ。近所の子どもが、こづかいを握って並んだって話は聞いたよ。二年くらいはやったかな。そのうち、又六には女ができたんだ。おたまっていってな。やっぱりこの島の生まれだよ。この島でいちばんきれいな娘だった。よくも、この島にあんなきれいな娘が生まれたもんだよ。色なんか真っ白でな。ああも白いと、お天道さまの光もはじいちまうのかね」

「それで？」

「おたまも向こう岸に渡って、又六といっしょに暮らし始めたんだろう。一時期は、三人が同じ屋根の下にいたんじゃねえのかな。弥七のほうはたまに、こっちに帰って来て、いろいろ話をしていたよ。又六のおかげで、商売はうまくいってるんだと。それで、わずか二年で金も溜《た》まったから、又六は京都に行くことになったんだと、弥七は寂しそうにしていたがな」

「おたまは？」

「おたまはどうしたのかな。京都には行ってないらしいとは聞いたがな」

「そうか」

藤村はうなずいて、わきにいた夏木と仁左衛門を見た。

ここまでの話では、又六が弥七を殺すような将来は、まったく予想できない。又六と弥七とおたまが、藤村たち三人の代わりに、初秋亭にいたとしても、なにも違和感はない。

「ところが、妙な話があってな」

古老の表情が変わった。

「え？」

三人は思わず古老を見つめた。

「又六はしばらく、そこの石川島《いしかわじま》にいたって話を聞いたことがあるんだよ」

「石川島に？　罪人として？」

藤村が訊《き》いた。

「そうなんだろう。ここの漁師が舟の上から見かけたっていうんだよ。あれは又六に間違いねえって」

「獄吏のほうじゃなくて？」

「違う。畑仕事をさせられてたって言ってたから」

石川島は、佃島と接する埋め立て地だが、いまでは佃島の三、四倍ほどの敷地があって、罪人たちの人足寄場のほかに、畑もあり、そこでは自給自足のための作物もつくられているらしい。

「じゃあ、京都には？」

仁左衛門が訊いた。

「わからねえ。なにも音沙汰《おとさた》はねえみたいだ」

「又六が、いくつくらいのときの話なのだ？」

夏木が訊いた。

「土砂焼き屋をやめていなくなってから二、三年後だったかな」

「であるなら、京都には行ってはいないかもしれぬな」

「なんてこった」

仁左衛門は呆《あき》れた口調で額に手を当てたが、

「石川島なら当たれるぜ」

と、藤村が言った。

六

翌日——。

藤村は、一人で石川島の人足寄場にある役所に来ていた。

町奉行所の同心をしていた関係から、ここの寄場奉行《よせばぶぎょう》である行方源兵衛《なめかたげんべえ》とは伝手《つて》があり、訊《たず》ねごとの許可をもらうことができた。

寄場の役人は、分厚い書類をめくって、

「ありました。これですね」

と、指差した。そこには、

「船松町寿平長屋住人《ふなまつちょうじゅへい》　又六　齢十八」

という記録があった。

「なんで、ここに？」

「同居人だったおたまという娘を刺しちまったみたいだよ」

「おたまを刺した？　なんで？」

意外な話である。藤村は驚いて訊いた。

「喧嘩《けんか》のあげくとしか書いてないな」

「喧嘩ねえ」

「おたまは死ななかったけど、又六は捕まって、それで小伝馬町《こでんまちょう》からこっちに来たんだな。ここには三年いたみたいだ」

「三年……」

二十歳前後の三年を、牢《ろう》だの人足寄場だので暮らしてしまうと、どういうことになるか。藤村はそれをさんざん見聞きしてきた。罪を償い、改心して、残りの人生を反省とともにまっとうに暮らしてもらいたい。誰だって、そう望むだろう。ところが、これががっかりするくらい難しいのだった。

「そのころの又六を知っている人なんか、いないだろうね？」

「ああ。もしかしたら、三太郎《さんたろう》さんが知っているかもな。もともと船大工で、酔っ払って喧嘩して、結局、ここに来るようなことになったんだけど、それからはここで舟造りを教えているんだよ。もちろん、刑期なんかとっくに明けてしまってるさ。いま、八十近いがまだ元気だよ。呼んで来ようか？」

「ぜひ」

と、藤村は頼んだ。

まもなくやって来た三太郎は、又六の名を出すと、

「ああ。おれの師匠だよ」

と、すぐに言った。

「師匠だって？」

「歳はおれのほうが上だが、腕ははるかに又六のほうが上だった。あいつは、親とか先輩から教えてもらったんじゃねえ。でも、舟がなんで進むのか、どうやれば、もっと速くなるのか、もっと安定するのか、そういうことを自分で考えて、それを舟造りに生かすんだ。しかも、舟だけじゃねえ。桶《おけ》でも籠《かご》でも、木工だけじゃねえ、竹細工もだ。なんでもできたんだ」

「ほう」

「あいつはまぎれもねえ天才だったよ。あんなに才能のあるやつは、おれはいままで見たことがねえ」

三太郎は、しみじみとした口調で言った。そこには、嫉妬《しっと》のかけらも感じられない。天才と知り合えたことを喜ぶ気持ちだけが窺《うかが》えた。

「ここを出たあとのことは知らないか？」

藤村は訊いた。

「それは知らねえが、京都に行ったんだろう。京都に行くとは言ってたからな。おれは、仏師になるしかないと」

それは、佃島の古老も言っていた。

「あいつのことだ。いまごろは有名な仏師になって、清水寺《きよみずでら》だのに、仏さまを納めているんじゃねえのかね。もっとも、又六なんて名は名乗っちゃいねえだろうから、こっちも知りようがねえわな」

三太郎は目を細めて言った。


「じゃあ、京都に行ったんだ」

藤村の報告を聞いて、仁左衛門が言った。

「行ったんだろうな」

藤村はうなずいた。

「その天才が、京都から五十年ぶりにやって来て、竹トンボを使って弥七を殺したのかい？」

「そうなるよな」

「いや、そうはならないよ、藤村さん」

と、仁左衛門は言った。

「まあ、なにかはあるわな。その五十年のあいだに、なにかがなければ、そんな話にはならないだろう」

夏木が言った。

「でも、弥七は京都になんか行っていないんだよ。又六だって、たぶん五十年ぶりに江戸に来たんだ。そのあいだとか言っても、二人は会ってないよ。それで、自分を尊敬する幼なじみを、竹トンボだかなんかを使って、殺そうなんて気になるかい？」

仁左衛門は憤然として言った。

「又六が無心をしてきていたら？」

藤村が言った。

「無心？」

「そう。五十年ぶりに江戸に来て、かつての幼なじみは成功し、菓子屋を大店《おおだな》に育てあげたあげく、隠居として悠々自適。その弥右衛門に、金をせびったら？　元はといえば、おれがやらせた土砂焼きのおかげじゃねえのかと」

「ははあ」

「しかも、それで断わられたら？」

「なるほど。そういうことか」

仁左衛門は説得されてしまった。

「いや。それはまだ藤村の想像に過ぎぬ。真実は、又六に会ってみないとわからぬ」

夏木が言った。

「そうだね。そうだよ、藤村さん」

「だが、又六はすでに江戸にはいないかもしれぬ」

「京都に帰っちまったかあ」

「やはり、これは難しいな」

夏木が腕組みすると、

「おい、京都に、おいらたちの知り合いがいるよな。しかも、なにかを探ることでは敵《かな》うやつは、なかなかいないってやつが」

と、藤村が言った。

「あ」

「鮫蔵《さめぞう》がいるね」

夏木と仁左衛門は同時に膝《ひざ》を打った。

「京都に文を出して、あいつに頼んでみようか」

「だったら、采女屋《うねめ》に頼むといい。京都とは行ったり来たりしているはずだぞ」

采女屋は、通《とおり》一丁目にある京帯の店で、若旦那《わかだんな》のことで面識ができている。

「よし。そうしよう」

と、三人がかりでいままでわかったことを記し、

「もし、修行のあいまに暇があったら、調べてもらえぬか。おそらく、そろそろ修行にも飽きて、荒っぽいことでもしたくなっているだろうから」

最後は、少し挑発するような文にした。

文を糊《のり》で閉じてから、

「まあ、いくら鮫蔵でも苦労するだろうな」

と、藤村は言った。

「それはそうだ。辿《たど》りつけぬかもしれぬ」

「もし、辿りついたら、たんとお礼をしなくちゃね」

「建仁寺《けんにんじ》に寄進かよ」

藤村がそう言うと、夏木も仁左衛門も愉快そうに笑った。

七

それからほぼひと月後——。
江戸から遠く離れた京《きょう》の地で、初秋亭の三人は知りようもない事態になっていた。

鮫蔵は、京の郊外である大原《おおはら》の里に来ていた。近くには、三千院《さんぜんいん》という名の知れた寺があった。

鮫蔵は僧形である。淳信《じゅんしん》という名もある。

大原に来ているのは、仏事や修行のためではない。

この里に、又六という竹細工の職人がいることを確かめていたのだった。五十年ほど前に、江戸から来た仏師を志した若者。又六という名も変えてはいなかった。

藤村たちが江戸で案じたほど、難しいことではなかった。

居場所はなんなく突き止めた。ただ、建仁寺で雑用がつづき、なかなかここへ来る暇がなかっただけだった。

鮫蔵は、又六の家の前に立った。ここがそうであることも、近所の者に訊《き》いて確かめている。鮫蔵は、僧侶《そうりょ》の修行をしても、こういうことにそつはない。

「ごめんなさいよ」

と、なかに声をかけた。

「これはお坊さま。なんの御用ですかな?」

七十半ばくらいの、瘦《や》せた年寄りが返事をした。

「じつは、三千院に用があって来ていたのですが、こちらに素晴らしい腕の職人がいると聞きましてな」

「素晴らしいかどうかは」

と言いつつ、又六は嬉《うれ》しそうな顔をして、

「よかったら、茶でも飲んで行きなはれ」

「では、馳走《ちそう》になりますかな」

鮫蔵はなかに入って、上がり口に腰をかけた。

又六が作った品がいろいろ飾られている。いや、飾っているわけではない。売り物として並べられている。木工の桶《おけ》、樽《たる》、踏み台、お膳《ぜん》、塗りをほどこした重箱まである。木工のみならず、竹細工の品々もある。大小の竹籠《たけかご》、茶筅《ちゃせん》、竹トンボもある。とにかく、なんでもつくってしまうらしい。ただ、仏像は一体も見当たらない。

「それなどは、見事な茶筅ですな」

鮫蔵は指差して言った。

「うふふ。三千院にもお納めしてますのでな」

「職人になって長いのですか？」

「子どものときからやっててね。物心ついたときには、小刀で竹を削ったりしてましたよ」

「へえ。お生まれはこのあたりで？」

知っているくせに訊いた。

「いや。わしは江戸なんだよ」

「そうですか」

隠す気はないらしい。

「木工だの竹細工だのは子どものころからやっていたし、大きいのは舟までつくっていたが、やっぱり仏さまを彫ってみたくなってね」

「御仏《みほとけ》を」

「それには、京に来ないと認められないと思ってね。二十歳過ぎてから、こっちに来たわけよ」

「それで仏師のところに？」

「いや、仏師に弟子入りなんかしてたら、一人前だと認められるには、二十年も三十年もかかっちまう。おれはそんなことより、京都の寺の仏さまをいろいろ拝んで、これだなと真髄がわかった気になり、さっさとつくって見てもらったのさ」

「ほう」

「でも、そういうのは駄目なんだ。ちゃんと弟子入りして、師匠の身の回りの世話から始まり、まともに鑿《のみ》を使わせてもらうまで三年とか、そういうことをしていないと、寺からも相手にされないんだ。京都ってところは、新しい学問を好むようなところもあるけど、そういう頑固なところもあるんだよ」

「そうかもしれませんな」

「それで嫌になったんだけどさ」

そう言ったとき、戸口から女が入ってきた。髪を長く伸ばしているが、それはずいぶん白くなっている。

「あら、どちらのお坊さま？」

「わたしは建仁寺の僧侶なんですが、ちと三千院に用事がありましてな」

「そうなの」

奥へ入って行こうとする女に、

「おい、おたま。お茶を差し上げてくれ。出すと言って、まだ出してなかった」

又六はそう言った。

――おたまだって？

鮫蔵は目を瞠《みは》った。

藤村たちからの文に書いてあった、あのおたまなのか。又六はおたまを刺し、石川島の寄場に入ることになったのではないか。

おたまと呼ばれた女はすぐに茶の支度をすると、鮫蔵に差し出した。

「で、嫌になったとき、これが江戸からやって来ましてね」

「はあ」

「幼なじみなんですよ。でも、あたしが京都に来ると言ったときは、これは来たくないとかぬかしてね」

又六がそう言うと、

「だって、京都ってとこは内陸で、潮の香りがしないっていうじゃないですか。あたしは潮の香りがしないところは嫌だったんですよ。それで、もう一人の幼なじみの嫁になると言ったら、まあ、これが怒っちまってね」

「へっへっへ。大喧嘩《おおげんか》ですよ」

「…………」

喧嘩のわけはそういうことだったらしい。

さすがに、それで石川島の寄場に入ったとは言う気がないらしい。

「でも、なにか修業しようって者のそばに女がいると駄目だね」

又六がそう言うと、

「だから、あたしどもも」

鮫蔵は笑って自分を指差した。

「あ、そうだ。お坊さんも女は寄せ付けないよね。それで、仏を彫ろうなんてことより、とりあえず飯を食わさなくちゃならねえ。そんなこんなで、なんでもつくって、早五十年てわけさ」

「また、あんた、あたしのせいにして」

そう言ったおたまの笑みには、五十年前はさぞかし美人だったろうという面影が充分に窺《うかが》えた。

「それで、先月、久しぶりに江戸に行って来たんですよ」

と、又六は言った。

「ほう」

「あいかわらずだね、江戸は。生き馬の眼を抜くっていうけど、確かにそうだなと思ったよ。どっか無理しないと、ああいうところじゃ生きていけねえよ」

「そうだね」

おたまは相槌《あいづち》を打った。

「それで、五十年ぶりに、幼なじみと会ったんだよ」

「いいもんでしょう、幼なじみというのは」

鮫蔵は思ってもいないことを言った。

「まあね。あのころはおれの子分みたいなやつだったのが、立派な大店《おおだな》を築き上げててね。それで深川ってとこで、悠々自適の隠居暮らしだよ」

「あたしは、弥七さんなら成功すると思ってたよ。賢いのに、自分は賢いと思ってなかったから」

と、おたまは言った。

「なんだよ。だったら、おれは賢くねえのに賢いと思ってるみたいじゃねえか」

「そうは言わないけどさ」

「でも、あいつもがっかりしてたね。おれのことをずいぶん買い被《かぶ》っていたみたいで、いまごろはたいした仏師になっていると思ってたって。なんだよ、田舎のなんでも屋が悪いのかって言いたくなるくらいの口ぶりだったな」

「期待していたんでしょう」

と、鮫蔵は言った。

「そうだろうけど、おれは面白くなかったよ。それで一杯飲ませてもらってるうちに、あいつが竹トンボの話を始めてな。だいたい、土砂焼きって商いをやったとき、おまけに竹トンボをつけてたんだよ」

「おまけに？」

それは藤村たちからの文にも書いてなかったことだった。

「だから流行《はや》ったこともあったんだがな」

又六がそう言うと、

「子どもが喜んだからね」

おたまがうなずいた。

「それで、あのころ、その竹トンボでおれは人殺しだってできるって話をしたらしいんだ。羽根のところを刃物にして、ぴゅっと飛ばしてやると、それは首をすぱっと切っちまうんだってな。ま、それに近いことはできるだろうな。でも、あいつはそのことをずうっと覚えていたみたいでさ」

「ほほう」

鮫蔵は思わず身を乗り出すようにした。

「それから、半月くらい、おれは江戸で遊んでいたんだ。もう一人の友だちの舟を借りて、毎日、釣り三昧《ざんまい》だった。それで、あいつの隠居家の近くに行くと、悪戯《いたずら》心で竹トンボをぴゅっと飛ばしてやったよ」

「あんた、そうやって、昔から弥七さんをからかっていたから」

「そうだな。それで京にもどろうという日に、おれは舟の上で、これくらい大きな竹トンボを見せてさ。羽根のところは刃物に見えるように色を塗ってな、それで野郎はこっちを見てたから、こうやって回してみせたのさ。そしたら、野郎は首でも刎《は》ねられるような気がしたんじゃねえか。びっくりして目を回しちまいやがった」

「馬鹿だね、お前さんは。そんなことしたんだ。弥七さんは、真面目だから、びっくりして死んじまうじゃないか」

おたまは、その話は初めて聞いたらしく、顔をしかめて又六をなじった。

「そんなことで死ぬわけねえだろうよ。へっへっへ」

又六は笑った。いかにも悪い冗談を楽しんだという笑いだった。

「死んだんだよ」

と、鮫蔵は一瞬、言ってやろうかと思った。

だが、言わなかった。

そのかわり、もう一度、小屋の中を見回した。なんでもつくれる又六。だが、仏は一体もなかった。三千院などが近くにありながら、又六は自分で彫った仏像を、寺の人たちに見てもらうといったことはしなかったのだろうか。

したのかもしれない。だが、相手にされなかったことは、この小屋のなかを見れば、容易に想像がついた。

弥七が憧《あこが》れた、そして石川島の三太郎も認めたはずの天才又六は、残念ながら天才ではなかった。認められない天才というのもいるのだろうが、又六の場合は、明らかに天才ではなかった。あるいは、天分を育てきれずに終わってしまったのかもしれない。「運、鈍、根」という言葉を聞いたことがある。才能を実らせるためには、その三つが必要なのだと。又六は、運か鈍か根のどれかがなかったのかもしれない。

弥右衛門はきっと、そのことにがっかりしたのだろう。がっかりした弥右衛門に、又六は小さな殺意のようなものは抱いたのかもしれない。

だが、そんなことは、誰の心にも浮かんでは消えているような些末《さまつ》な心の動きだった。それが、ああしたことになったというのは、又六に別種の運だか鈍だかがあったのかもしれなかった。

「じゃあ、そろそろお暇《いとま》しますわ」

鮫蔵はそう言って立ち上がった。

「ええ。また、近くに来たら寄っておくれ」

「そうだね」

たぶん、もう寄ることはないだろう。

藤村へは、今日のことを書いて送るつもりだが、しかしこの気持ちを上手に文にするのは、相当日にちがかかりそうだった。

鮫蔵は、自分でも文才はまったくないと、わかっていた。

もっとも、たとえうまく書けたとしても、藤村はその文を読んで、きっとこう言うに違いなかった。

「わからねえんだ、人間てえやつは……」

その口調を思い出し、鮫蔵は小さく微笑むのだった。

第三話　変身の牛

一

「竹トンボに殺された？　それはないだろう」

と言ったのは、つまらん爺《じい》さんこと、富沢虎山である。退屈しのぎに初秋亭に来ていた虎山に、夏木と藤村が土佐屋の隠居の怪死について話したのだった。仁左衛門はまだ出て来ていない。

「ま、そう思うのは常識だわな」

と、夏木が言った。

「だが、こういうことはあるかもしれんぞ。竹トンボにひどく嫌な思い出があって、幾つも飛んで来るうちに次第に気持ちが重苦しくなって、心ノ臓の発作を招いてしまったってことはな」

虎山はそう言った。

「なるほど。だが、それを狙ってやれば、殺しだぜ」

部屋の隅で寝そべっている藤村が言った。

「そうか。確かにそうだな。なんだよ。その話をもっと早く、わしに教えてくれたらよかったのに」

「虎山さんなら解決できたってかい？」

藤村はからかうような笑みを浮かべて言った。

「そうは言わんが、わしならすぐに駆けつけて、蘇生《そせい》させたかも。そうしたら、竹トンボの謎もかんたんに解けていただろうな」

「そんなこと言われても、そのときはおいらたちも現場にいなかったよ」

「そうか」

「しかも、虎山さん。医者はやめたんだろうが」

「そうだった」

と、虎山は額に手を当てた。

「虎山さん、ほんとは未練あるんじゃないの？」

「ない、ない」

「まあ、ここは鮫蔵の返事を気長に待とうではないか」

夏木が言った。

と、そこへ――。

「旦那《だんな》方、聞きましたかい？　馬鹿みたいな話を」

隣の番屋の番太郎《ばんたろう》が入ってきた。そう言う番太郎の顔こそ、へらへら笑っていて、馬鹿のようにも見える。

「なんだ、馬鹿みたいな話とは？」

夏木が訊《き》いた。

「どうも牛になった男がいるんだそうですぜ」

「牛に？　あっはっは。食ってすぐ寝てたのか？」

夏木は笑った。

「いや、そうじゃねえんです」

「吉原の牛太郎《ぎゅうたろう》にでもなったんだろ？」

藤村が言った。牛太郎とは、妓夫太郎とも書く、遊郭で働く男衆のことである。

「ギュウ」と縮めて言ったりもする。

「ほんとの牛です」

「どこの誰が？」

と、まるで初秋亭の一員のように、虎山が訊いた。

「霊運院《れいうんいん》のこっち側あたりに住んでた若い男なんですがね。あのあたりじゃ、若隠居って呼ばれてたみたいなんですが」

「若隠居？　面白《おもしれ》え綽名《あだな》だ」

藤村は笑ったが、虎山は思い当たる男がいるらしく、

「ああ、もしかして、あの男かな」

と、膝《ひざ》を打ち、

「いつもニコニコして、暇そうにしている男じゃないか？」

「たぶん、そうです」

「だが、人が牛になるわけがない。それはくだらぬ与太話だ」

虎山はそうも言った。

初秋亭の二人も、まったく相手にしない。

番太郎も拍子抜けしたように、隣の番屋にもどって行った。

「それにしても、仁左は遅いな」

夏木が立ち上がって、永代橋のほうを眺めながら言った。橋の上は、今日も大勢

の人が行き来している。それと交錯するように、橋の下には何艘《そう》もの舟の上り下りが見えていた。

「あいつ、近ごろ、遅いんだよ」

藤村は寝そべったままで言った。

「うむ。地震は来ないと思ったら、気持ちがだれてきたのではないかな」

「地震、来ないのかい？」

「仁左の夢では、真夏の日差しの下で起きていたらしいな」

「そうか」

すでに秋風が吹いている。早くも葉を散らし始めた桜の木もある。空のてっぺんあたりには、秋の名物のようなうろこ雲が流れている。

「初老の男がおかしくなるのは、女がからむぞ」

虎山が言った。

「それはわしらも疑ったんだがな」

「まだ証拠があがってないわけよ」

「そうか。では、わしが探ってやろうか？」

虎山がニヤリと笑って言った。

「いや、そんなことはせんでもいい。もし、困ったことになったら、仁左のほうから言ってくるだろう」

夏木がそう言うと、

「それが大人の態度というものだな」

藤村がうなずいた。

虎山は気まずそうに口をつぐんだ。

すると、

「ごめんなさいよ」

と、聞き覚えのない声がした。

玄関口に、上等ななりをした町人がいる。こういう姿の町人は、深川では木場《きば》のほうに行かないと見かけない。歳は六十くらいだろうか。

「どなたかな?」

夏木が訊いた。

「あたしは、日本橋《にほんばし》の奈良屋市右衛門《ならやいちえもん》といいますが、ご相談したいことが。これはつまらぬものですが」

差し出したのは、高級品として名高い鈴木越後《すずきえちご》の羊羹の箱である。そこらの菓子屋で同じ値を出せば、三度の飯代わりにして、五日分ほどが買えるだろう。

「奈良屋さんといったら、三名主の？」

寝そべっていた藤村が、身を起こし、居ずまいを正した。

江戸の町人の自治組織の頂点にいるのが、奈良屋市右衛門、樽屋《たるや》藤左衛門《とうざえもん》、喜多村《きたむら》彦右衛門《ひこえもん》の三人の名主である。町人とはいえ、元町奉行所の同心などより、はるかに力もあれば、財力もある。

「ええ。じつは、あたしの次男坊で耕次郎《こうじろう》というのが、仙台堀《せんだいぼり》の向こうっ方で一人暮らしをしていたんですが、数日前からいなくなって、そのかわり、家に牛がいたんです。それで、次男坊が牛になってしまったと噂されてまして」

「ああ、さっき、その話は聞いたよ。そんな馬鹿なことがあるかと、わしらは相手にしなかったのだがな」

と、夏木が言った。

「あたしもそんな馬鹿なとは思うんですが、牛なんかどこからも入れないはずの家のなかにいるし、倅《せがれ》の姿は影もかたちもないし、どうなったのかと。それで、こちらの方たちが、いろいろ不思議なことや、面倒なことを解決してくれると耳に挟みまして、なんとかお調べいただけないかと思った次第でして」

奈良屋は心配そうに眉根《まゆね》に皺《しわ》を寄せて言った。

消えた男の親がやって来たのだ。こうなると、ただの噂では済まされない。

「それは、心配だな。わかった。わしらもできるだけのことはさせてもらうよ」

と、夏木が真剣な顔で言った。

二

藤村と夏木、それに富沢虎山が、奈良屋といっしょにその家に向かった。仁左衛門はまだ、やって来ないが、待つほどのことではない。

「耕次郎さんはいつ、いなくなったんです？」

歩きながら、藤村は奈良屋市右衛門に訊いた。

「それがよくわからないんです」

「わからない？」

「ほっといてくれと言われてましてね」

「ぐれちまいましたか？」

藤村は遠慮なしに訊いた。

「そういうのではないのですが……」

「ま、若い者は理解に苦しむことをやらかしますからね」

「ええ。それでもいちおう実の倅ですので、どうしても心配で、知り合いの十手持ちの親分には、たまにようすを見てくれるよう頼んでおいたのです。それで、三日前に、近ごろ見かけないという連絡が来まして、うちの若い者に家を見に行かせたところ、どうも牛になってしまったみたいだと」

「なるほどね」

永代橋を渡らずに通り過ぎ、大川沿いに下之橋《しものはし》、上之橋《かみのはし》と渡って、霊運院の手前を右に曲がった。

「そこんとこです」

ここは海辺大工町《うみべだいくまち》の代地になっていて、大小三つの池が点在している。表通りではないので、店はほとんどなく、池を遠巻きに囲むように、隠居家や長屋が立ち並んでいる。

「この家なんですが」

と、奈良屋が指差したのは、まさに隠居家である。瓦《かわら》屋根に白壁のこじゃれた造りで、周囲は胸くらいの高さの山茶花《さざんか》の垣根で囲まれている。むろん、いまどきは花は咲いていない。

小ぶりの二階建てのほか、池に接して、百坪ほどの庭もあるらしい。

「わしは向こうの清住町《きよすみちょう》に知り合いがいてな。この道はよく通るんだよ」

と、虎山が言った。

「奈良屋さんの別宅ですか？」

藤村が訊《き》いた。

「ええ。先代が隠居したあと十五、六年ほど住んでましてね。もう亡くなりましたが。それで三年前から、ここを耕次郎が使わせてくれと言いまして、幼いころ、何度も来ていたから、懐かしさもあったのかもしれません」

奈良屋なら、別宅はほかにもあるのだろう、と藤村は思った。そこには倅ではなく、血縁もない若い娘が住んでいてもおかしくはない。

「ここで一人暮らしか？　いい若い者が？」

と、夏木が訊いた。

「ええ。下男も女中も要らないと言いますので」

「それは要らぬだろうが」

夏木からしたら、勿体《もったい》ない、贅沢《ぜいたく》だと言いたいらしい。

「まずは、牛をご覧になってください」

と、奈良屋は裏口の戸を開けた。

「これは凄《すご》い」

虎山が目を瞠《みは》った。

台所の土間の隅にいた。

巨大な牛である。黒牛だが、後ろ脚と尻《しり》のあたりは白い。毛艶《けづや》もよく、そこらにいる牛のように薄汚れてもいない。

牛は、ゆったりと尻尾《しっぽ》を振って、穏やかな顔で人間たちを見回している。

夏木が牛の尻のほうに回って、

「牝牛《めうし》だな」

と、言った。

「こんな牛、外から連れて来ても、入れるところもないでしょう」

奈良屋は不思議そうに言った。

「ほんとだ」

藤村が土間全体を見回してうなずいた。

戸口の幅より牛のほうが大きいので、出し入れするには、戸を壊さなければならないだろう。台所から畳敷きの部屋に上がるには、段差があり、板戸も閉まっていた。

「どっから来たのか。これでは、うちの若い者が、耕次郎が牛になったと思っても、不思議はないかもしれません。まあ、牛に化けても不思議でもないくらい、浮世離れして、変わった倅でしたので」

奈良屋は、汚した下着を隠すみたいな口振りで言った。

「倅の面影はありますかい？」

藤村が牛の顔を指差して訊いた。

奈良屋は真面目な顔で牛を見た。

「そういえば……」

「いやいや、それはないでしょう」

藤村は、顔をしかめ、

「耕次郎さんは幾つなんだい？」

と、訊いた。

「二十三になってます」

「ほんとに隠居したわけじゃないんだろう？」

「それが、そう思ってくれと。あたしとしては家の手伝いをさせたかったんですが、どうしても、したくないと。ほかにしたいことがあるんだと。さらには死んだと思って諦《あきら》めてくれとまで言いましてね。まあ、長男と三男のほうが家のことをやってくれるので、諦めてここに住まわせているんですが」

「ここで、なにを？」

「なにもしてません。ただ、ぶらぶらして」

「したいことはぶらぶらすることですかい？」

「当人はぶらぶらしているとは思ってないかもしれません」

「ふうむ」

それは甘やかし過ぎだろうと、藤村は言いたいが、奈良屋には言い難い。

「発句でもやれそうだがな」

夏木は言った。

「いえ。そういうことはしてなかったですね」

「絵を描いたりも？」

「してなかったと思います」

「わしは、たぶん、何度も道でご子息を見てるんだ」

と、虎山が奈良屋に言った。

「そうですか」

「ここらを通ったとき、ときおり見かけたよ。ぶらぶらしてるというよりは、わしにはいろいろ考えごとをしているふうに見えたがな。それに、庭で作物をつくったり、貝を採ったりして、ちゃんと自給自足をしているみたいにも見えたぞ」

「そうみたいです。食うものはなんとかできるので、仕送りみたいなものもいっさいしないでくれと言ってましたから」

「ほう」

「お前は世捨て人にでもなりたいのかと訊いたこともあるんですが、そうじゃないと。こういう暮らし方をしたうえで、そこからなにかやりたいことが出てくるかもしれないと。まあ、訳のわからんやつでして」

「おいらたちは、家のなかをつぶさに調べたいんですがね」

と、藤村が言った。

「かまいません。どこでも遠慮なく見てください。あたしもざっと見ましたが、これくらい物を持たない人間がいるのかと、呆《あき》れたくらいです」

「物盗《ものと》りには狙われなくていいいな」

と、虎山は言った。

「それで、奈良屋さんもずっと付き添ってくれなくて、かまいませんぜ。なにかわかったら、こっちから報《しら》せることにしますから」

藤村は、奈良屋を気づかった。

なにせ、江戸の名主である。八百八町に目を配らなければならず、いまもさまざまな問題ごとが持ち込まれているはずなのだ。

「そうですか。いちおう海辺大工町の作次《さくじ》親分には声をかけておいたので、そろそろ来るかと思います。あの人も、耕次郎のことはよく知っているはずですので」

「ああ。作次なら知ってますよ」

藤村は言った。

「そうですか」

「これでも、前は北町奉行所《きたまちぶぎょうしょ》の町回り同心でしたので」

「そうでしたか。存じ上げずに失礼しました」

奈良屋は安心したように言った。頼りがいがあると思ってくれたらしい。

「とんでもねえ」

「それでは、よろしくお願いします」

奈良屋は頭を抱えるようにして帰って行った。

三

奈良屋を見送って、

「そうか。虎山さんは耕次郎を何度も見たことはあるんだ？」

と、藤村は改めて確かめるように訊《き》いた。

「ああ。話したことはないが、なんか気になる若者だったのでな」

「気になる？」

「うむ。一見ぶらぶらしているようだが、ぼーっとしてるというのではなく、学者が考えごとをしながら、調べものでもしているみたいだったのでな。草や虫を眺めたりもしていたので、本草学でもやってるのかなと思ったりもした」

「本草学ねえ」

「書架は二階かな。書架を見れば、頭の程度と、興味の範囲はだいたいわかるものだぞ」

「そうか。じゃあ、見てみよう」

と、三人で二階に上がった。階段には手すりがあり、途中、踊り場もつくられてある。まさに、金持ちの隠居の住まいである。

二階は六畳間が二つと四畳半ほどの板の間があり、板の間は、以前は茶室のようになっていたのではないか。いまは書架に本が並んでいるだけである。書物は万巻というほどではないが、

「ほう。『天経或問』があるか。それに貝原益軒《かいばらえきけん》の『大和本草』に、宮崎安貞《みやざきやすさだ》の『農業全書』も全巻そろっているではないか」

虎山が興味深げに言った。

「賢そうかい？」

「もちろんだ。こういう知識があるからこそ、道や草むらを歩いているだけでも楽しいのだろうな」

「なるほどな」

夏木は感心したが、

「なんだよ。戯作や艶本《えんぽん》の類《たぐ》いは一冊もねえんだな」

と、藤村の興味とはまったく嚙《か》み合わないらしい。

夏木は、二階の南北と東側の窓をぜんぶ開け放って、

「陽もよく当たるし、風通しもいい。さすがに、奈良屋の別宅だな」

南側の窓の下は道になっていて、向かいっ方は、大名の下屋敷か、旗本の屋敷らしい家が並んでいる。樹木が多く、森を眺めている気分である。

北側の窓からは、庭とその向こうの池が眺められる。向こう岸では、二人ほど釣り糸を垂らしているので、魚もいるのだろう。

「じつに、いい景色ではないか。わしの住まいと替えてもらいたいくらいだ」

虎山がそう言うと、

「ほんとだ。まあ、初秋亭ほどではないがな」

夏木は自慢げに言った。

「池がこれだけあるから、蚊が多いかと思ったが、そうでもないみたいだな。どこかから、潮が入って来ているのかもしれないな」

そう言って、虎山は住み心地を確かめるように、六畳間に横になったりした。

「お、来た、来た」

南側の窓のほうを見ていた藤村が言った。下の道を十手を腰に差した男が足早に歩いて来るところである。

男は気配を感じたらしく、こっちを見上げた。

「よう、作次」

藤村は微笑みかけた。

「これは藤村の旦那《だんな》。どうしてここに？」

「奈良屋さんから相談されてな」

「初秋亭とかいうところの人たちと聞きましたが」

「うん。おいらはその一人なんだよ」

「そうでしたか」

藤村たちは、下に降りた。

作次は、背丈は五尺五、六寸ほどありそうな大きな男だが、いかにも人の好《よ》さそうな顔をしていた。藤村の記憶では、ここで親の代からの岡っ引きだったはずである。

「牛は見ましたか？」

作次が訊いた。

「ああ、見たよ」

「あれが耕次郎さんということはありますかね？」

「ないと思うぜ、たぶんな」

藤村は断言はせず、

「ただ、耕次郎じゃないとしたら、どこに消えたんだ？」

「あっしも見当がつかないんです。だいたい、いつもこのあたりにいましたからね」

「女の出入りは？」

「なかったです」

「誰も出入りしてなかったのか？」

「たまには、友だちみたいな若い男が来てました」

「喧嘩《けんか》や揉《も》めごとは？」

「それはいっさいなかったです。穏やかな人でしたから」

「借金もないよな？」

「ええ。耕次郎さんは、ほとんど金を使わない人でしたから」

「だが、金は要るだろう？」

「でも、食いものはぜんぶ、つくるか、採ってくるかで間に合わせてましたし、ほかに金がかかることはしないんですよ」

「着物はいるだろう」

「それは、知り合いからもらったり、自分がつくったものと交換したりしてたみたいですよ」

「交換ねえ」

「そこの竹やぶの竹で、いろんなものをつくってましたから」

「ははあ」

「あとは釣りに出て、大きいのが上がったときは料理屋とかに持ってってましたよ」

「それで金をもらうんだろう？」

「金じゃなく、米をもらってましたね」

「へえ」

「そっちに小舟があるでしょう。それは耕次郎さんの舟ですよ」

作次は、すぐそこまで来ている掘割を指差した。近づいてみると、猪牙舟《ちょきぶね》を三回りくらい小さくした舟が、繋留《けいりゅう》されている。

「ここに舟があるってことは、溺《おぼ》れたってわけでもないか」

と、藤村は言った。

「耕次郎さんは泳ぎもうまかったですからね。溺れるなんてことは考えられないと思いますぜ」

「そうか」

考えあぐねた藤村に、

「書物はどうした？　あそこにあるのはかなり高額な書物ばかりだったぞ」

と、虎山は言った。

「書物はご実家からでも持って来たんじゃねえですか」

作次は言った。

「借金もなければ、喧嘩もない。であれば、隠れる必要もない。となると、やはり牛に訊《き》くしかないのか」

と、夏木が苦笑しながら言った。

だが、藤村はハタと膝《ひざ》を打ち、

「いや、いま思いついたんだけどさ、逆にこういう若者を憎むやつっていうのはいるんだよな。ちょっと世間ずれした、善良な人間にちょっかい出したくなるやつってのがさ。作次、そういうので、思い当たることはねえか？」

「そういえば、近くの火消しの棟梁《とうりょう》が……」

「なんだ？」

「いい若い者がぶらぶらしてるのはいけねえ。火消しでもやらせるかと」

「ほらな」

四人でその棟梁の家に行くことにした。

四

このあたりは、南の六番の火消し衆の受け持ちとなる。棟梁の家は、海辺大工町の裏町にあった。

作次が玄関口に立つと、正面の神棚の下にいた苦味走った男が、

「よう、親分」

と、言った。

「棟梁。こちらは以前、北町奉行所の同心をなさっていた藤村さまと、お仲間の方々なんだがね」

作次はまず、藤村を紹介した。

「これは藤村さま。何度か、お目にかかってます」

「そうだったな」

藤村も顔を見たら思い出した。

「それで、奈良屋さんに頼まれて、耕次郎さんを捜していらっしゃるんだよ」

と、作次は言った。

「ああ、なんでも牛になったそうですね」

棟梁は知っていた。

「まさか本気にしてねえよな？」

藤村が訊いた。

「いや、あり得るでしょう。だいたい、あのあたりというのは、昔から怪しい話があるんですよ。池が三つあるでしょう、あそこに」

「あるな」

「あの池というか、沼ですよね、あれは」

「池と沼は違うのか？」

「底が見えるのが池で、底が見えねえのは沼だって聞きましたがね。あるいは、底があるのは池で、底がねえのは沼だって」

「そうなのかい？」

と、藤村は虎山を見た。

「さあな」

そんなことはどうでもいいというように、虎山は首を横に振った。

「淵《ふち》に立って、のぞいてみてくださいよ。底なんざまったく見えませんから。それで、カワウソだの河童《かっぱ》だのは、しょっちゅう出てたんですから。あっしが思うにあの三つの沼は、底でつながってますな」

「なるほど」

「しかも、大川にもつながってると睨《にら》んでます」

「睨んだか」

「それで、ずっと底には竜神さまがいて、河童に人を引きずり込ませたり、人を牛にさせたりするんですよ」

棟梁はそう言うと、いきなり神妙な顔になって立ち上がり、神棚のほうを向いて柏手《かしわで》を打ち、

「うちの若い者にもなにかあると困るんでね」

と、急なふるまいの言い訳をした。

裏の部屋のほうから、

ぴしゃり。

という乾いた音や、

ちろりん。

という澄んだ音がしている。

何人かいて、花札とチンチロリンに精を出しているらしい。

「ま、棟梁の説はさておき、おいらたちは、あの牛は少なくとも耕次郎じゃねえと睨んでるんだ」

と、藤村は言った。

「そうですか」

「じゃあ、耕次郎はどうしたかというと、いなくなっちまった。もしかしたら、逃げたのかもしれねえ」

「逃げた？」

「嫌なことを押し付けられそうになると、人は逃げたりするんだ」

「逃げますかね？」

「阿呆《あほう》や気が短いのは、喧嘩《けんか》になる。だが、耕次郎さんはどちらでもなかったらしいんだ」

「なるほど」

「それで、棟梁はいい若い者がぶらぶらしてるのはよくねえから、火消しにでもさせようというようなことを言ってたそうじゃねえか？」

藤村の口調は、なにやら同心時代にもどったみたいである。

「ああ。そういうことは他人には言いましたが、当人には言ってませんよ。火消しなんてえのは、無理やりやらせたって、邪魔になるだけですから」

「じゃあ、棟梁が耕次郎を苛《いじ》めたりは？」

「滅相もねえ」

棟梁は首を縮めると、手をぱたぱた横に振った。

「あんたがやらなくても、火消しの若い衆がいるだろう。いまもそっちでいい音をさせてるよな。ああいう連中って、同じ歳ごろでぶらぶらしているようなやつは苛めたくなるんじゃねえのか？」

「そういう気持ちになるのもいるかもしれません。だが、あの耕次郎ってのは、奈良屋さんの倅《せがれ》だったたんです」

「ああ」

「名主の倅を苛めるやつは、さすがにいませんよ」

「知ってるのか、皆は？」

「あたしが言いました。おまえたち、手なんか出すんじゃねえって」

「そうか」

「それに、旦那《だんな》は、耕次郎を見たことはありますか？」

「おれはねえんだ」

「いい身体をしてたんですぜ。しかも、あの人は、子どものときから柔術を習わされて、たいそう強かったそうですぜ」

「そうなのか」

「うちのやつらが相手でも黙って苛められるような人じゃなかったですよ」

どうやら火消し衆は、なにも関わっていないようだった。

五

「まだ、ここにいて」

入江かな女が、手を仁左衛門の裸の胸の上に置いて言った。

もう陽はずいぶん高くなっている。

仁左衛門は、窓の障子を少しだけ開けた。心地良い秋風が吹き入ってくる。その爽《さわ》やかさは、いままで二人がしていたことが、ひどく淫《みだ》らなものと感じさせた。

じっさい、それは淫らといってもいいことだった。

──女というのは、こんなにまでなるのか？

前の女房と、いまのおさとと、そう多くは知らない遊郭の女たちと比べて、ここまで驚きに満ちた寝床は初めてだった。かな女は動き回り、ねじり、ひねり、開き、上になり横になり、逆にもなった。声こそ、なんとかこらえるようだったが、それでも何度も小さく叫び、小さく長く吠《ほ》えた。汗はたえず流れ、仁左衛門を濡《ぬ》らした。

仁左衛門は疲れ切った。出し切った。もう何も残っていない。女への慾《よく》だけでなく、いっさいの慾まですべて吐き出した気がする。

だが、吐き出したあとは、後ろめたさとつまらなさに襲われる。途方に暮れるような気持ちもある。

──おれはこれでいいのか。

そうも思う。

近ごろは、箱崎から大川を越えて来ると、こんな狂乱と反省から一日を始めることが多くなっていた。

仁左衛門は、かな女の手をそっと避《よ》けて、

「でも、あまり遅くはなりたくないんだよ」

と、言った。

もちろんすでに、夏木も藤村も初秋亭に来ていることだろう。それで、「最近、仁左は遅いな」などと話したりもしているに違いない。

「どうしてよ?」

「初秋亭には頼みごとに来る人が多いんだよ」

「あたしも頼みごとがあるわ」

かな女は、仁左衛門の腹を突いて言った。

「なんだい?」

「早春工房が、あたしを入れてくれないの」

「それか」

「それかじゃないわよ。いいじゃない。入れてくれたって」

「駄目って言われたのかい?」

「はっきりとは言わないわ。でも、いま、皆忙しくて、なかのことをいろいろ動かせる暇がないのよって。だから、しばらく待ってみてって」

「待ってだろ。断わられたわけじゃないだろ」

「ううん。お武家さまの奥方だのご新造さまってのは、ああいう言い方をしたときは、嫌だってことなのよ」

「…………」

「誰か、あたしのこと、なにか言ったのかしら？」

「誰が？」

「たとえば、藤村さまあたりが」

「藤村さんが？」

「たとえばよ」

「師匠、藤村さんとなにかあったのかい？」

　仁左衛門は、ふいに、なぜ、いままでそのことを疑わなかったのかと思った。藤村とかな女というのは、男女の関係になっても不思議はない気がする。それは、たぶん、ずっと前から思っていたのだ。

　女にもてるのは夏木である。だが、かな女は夏木の好みではない。夏木はもっと可愛らしい女が好みなのだ。

「なんでもないわよ。なに、妬《や》いてるの」

「妬いてはいないけど」

「七福堂さんから、なんとか言ってよ。あたしを加えてやれって」

「…………」

そういうことを早春工房に頼んだとしても、別におかしいことではない。発句の師匠だし、かつては仁左衛門の店子《たなこ》だったときもあるのだ。

だが、やはりそんなことはしたくない。

もしも、この女が早春工房に関わったりすると、なにか余計な波風を立てるのではないか。順調に行っている商売がおかしくなったり、なかで揉《も》めごとが起きたり……この女は、どうしてもそういうところがある。たとえ悪気はなくても、面倒なことをもたらしてしまうのだ。

——やっぱり手を引こうかな……。

仁左衛門はそう思った。

だが、いったんこうなると、この女はなかなか手を引かせてくれないのではないか。

——その先になにが起きる……。

背筋に寒けが走った。

六

夏木、藤村、虎山、そして作次の四人は、火消しの棟梁《とうりょう》のところから、耕次郎の家にもどって来た。

牛は鳴きもせず、土間の隅でじっとしていたらしい。

「この悠然とした態度。なんだか高貴ささえ感じてしまうほどだな」

と、虎山は感心した。

夏木はその牛の背を撫《な》でながら、

「次に、この牛の謎を解きたいものだな」

と、言った。

「こいつは、いつ、ここに出現したんだよ。作次は、この家をときどきのぞいていたんだろう？」

藤村が訊《き》いた。

「のぞいたと言っても、なかに入ったことはありませんよ。垣根の外から耕次郎さんに声をかけるくらいでしたから」

「そうか」

「もしかしたら、仔牛《こうし》のときにここに入れ、ずっとここで育てたのかもしれないな」

虎山が言った。

「ここで、育てた？」

藤村が目を剝《む》いた。

「牛というのは、あまり動かさなくてもいいとは聞いたことがある」

「餌はどうするんだ？」

「餌なんか、どうにかできるさ。どこかで草を刈ってくるか、それに干し草なども食わせるんだろう」

「ここらに草なんか生えてるとこは……いっぱいあるか」

と、藤村は餌については納得した。

「仔牛からこれくらいにするには、どれくらいかかるんだろうな？」

という夏木の問いに、

「獣というのは、人間の子どもみたいに、のんびりしていないからな。牛は馬よりは遅かったと思うが、それでも二年くらいでこの大きさにはなるんじゃないかな」

虎山は答えた。

「だが、牛は鳴くではないか。鳴いてたら、近所の連中も聞いているだろうし、だったら耕次郎が牛になったとは、誰も思わぬだろうよ」

夏木はさらに疑問を呈した。

「そこなんだが、このあたりは牛が通ったりするかね？」

虎山は、岡っ引きの作次に訊いた。

「しますね。荷馬車を引かせてるのがいますから」

「だったら、それが鳴いたと思えば、別に不思議はないぞ」

「なるほど」

夏木は納得した。

「それに、牛というのは理由があって鳴くらしい。たいがいは腹を空《す》かせて鳴くんだ。だから、ちゃんと餌をやっていれば、それほどは鳴かないのではないかな」

虎山がそう言うと、

「ここで誰にも知られず飼うこともできるというのはわかったよ。だが、なんでわざわざ、こんなとこで牛を飼うんだ？」

藤村が言った。

「そこは、耕次郎に訊いてみないとわからんが、もしかしたら、仔を産ませて、乳を出させ、それを飲んだり、バタをつくったりするつもりだったんじゃないか。この国では、牛の乳を飲むと、嫌がられたりするから、それは秘密にしたかったんだろう」

虎山が言った。

「うむ。耕次郎ならあり得るな」

夏木は納得したが、

「牛の乳なんか飲めるのかね」

と、藤村は顔をしかめた。

「うまいものだぞ、藤村。わしは何度も飲んだ。バタもうまい。あれを炊きたての飯にのせてな、ちょっと醬油《しょうゆ》をたらして食ったら、いくらでも食えるぞ」

「夏木さん、異人の血が入ってんじゃないの？」

「かもしれん。なんせ遠い先祖は海賊だったからな」

夏木と藤村の話に、虎山は苦笑して、

「そんなことより、この牛に仔を産ませるには、牡牛《おす》とまぐわわせることが必要なんだ」

「だったら無理だろうよ。牡牛が入って来られねえもの」

藤村は笑って言った。

「そういうときは、家のなかを横切って、向こうの玄関口まで連れて行けばいいだろうが。玄関の戸口はだいぶ広いだろうが」

「ははあ、家のなかをお通りになるわけか」

この件は問題なしというわけである。

「じゃあ、牡牛はどうするかだが、ここらで牛なんか飼ってるところがあるかね？」

と、虎山は作次に訊いた。

「ありますよ。向こうの仙台堀のとこで、荷役に使う牛を何頭も飼っているのがいます。仔牛も見た覚えがありますぜ」

「よし。行ってみよう」

と、今度は四人で、北仙台河岸《きたせんだいがし》に向かった。

「そこです」

作次が指差した店では、ちょうど荷物を山のように積んだ荷車を牛に引かせて出て行くところだった。

「おう、あるじはおめえだったな」

作次は、家の前にいた、ずんぐりして、いやに埃《ほこり》っぽそうな男に声をかけた。

「これは海辺大工町の親分」

「ちっと訊きてえんだが、ここでときどき仔牛が産まれるよな」

「ええ。牝牛《めうし》が一頭いますんでね」

「産まれた仔牛を一頭、買ったやつはいねえかい？」

「いますよ。向こうのほうに住んでる若いやつが売ってくれと言ってきましてね。言い値で買うと言ったので、売りましたよ」

「いつのことだ？」

「ええと、半年くらい前でしたかね。もうだいぶ、大きくなってた牛でしたけどね」

「どれくらい大きかったんだ？」

「これくらいですかね」

手で示した大きさは、ぎりぎりあそこの戸口をくぐれるくらいである。

「やっぱりそうか」

作次は、そう言って、夏木たちを見た。

「これで変身説は完全に消えたか」

藤村が言った。

「おい、藤村。お前、そういうことを言うのは、半分くらいは疑ってたのか？」

夏木が呆《あき》れたように言った。

「半分まではないよ。せいぜい、一、二割くらいだ」

「それでも、疑ってたのではないか」

「なんでも疑ってかかるのは、同心の癖でね」

「あっはっは。それは言い訳だ」

と、夏木は大笑いした。

それから四人は、また耕次郎の家にもどることにした。

途中、腹が減ったので、そば屋に入った。

藤村がそばをたぐりながら、

「牛のことはだいぶわかったが、肝心の耕次郎がなぜ、いなくなったかは、さっぱりわからねえんだなあ」

と、愚痴った。

「耕次郎の気持ちになって考えるか」

夏木がそう言うと、

「わしゃ、若いやつの気持ちなんざ、見当もつかんよ」

虎山は諦《あきら》めたように言った。

そば屋から耕次郎の家にもどると、四人はそれぞれ勝手に、いなくなった理由を考えてみることにした。

夏木はふたたび二階に上がった。

いい風が吹き抜けて行く。こんな暢気《のんき》な暮らしから、なぜ逃げたくなったのか。

ほんとに逃げたのか。

景色を見ながら考えるうち、

——ん？

向かいの旗本屋敷の二階から、誰かがこっちを窺《うかが》っている。どうやら女らしい。

それも、着物は振袖《ふりそで》。若い娘のようだ。

娘は夏木と目が合ったと感じたのか、身体をずらし、半分だけ隠れた。

「なあ、真向かいの屋敷に、若い娘がいるだろう？」

夏木は、やはり二階に来ていた作次に訊《き》いた。

「いますね。なんでも、売れ残りの変わった娘らしいですよ」

「ははあ」

夏木に小さな閃《ひらめ》きが訪れた。なにせ、そっちの勘は鋭いのだ。

「あの屋敷の中間《ちゅうげん》か誰かが、耕次郎のことを訊きに来なかったか？」

「そういえば、来ましたね。おれは向こうの屋敷で働いている者だが、お嬢さまがここでなにか騒ぎがあったみたいだと心配なさっているんだと。それで、なにがあったか教えてくれってね」

「なんと答えた？」

「いや、ここの人が牛になったみたいだと」

「そうか」

さぞかし驚き、興味津々でいるのだろう。

だが、それが耕次郎の失踪《しっそう》とつながるのか――あまり結びつくような気がしない。

七

夏木が首をかしげながら下に降りると、藤村と虎山も牛を眺めながら、牛よりぼんやりしている。

「駄目か？」

夏木が訊くと、

「やっぱり、牛になったと考えるほうが楽かもしれねえな」

と、藤村は言い、

「わしも賛成だ」

虎山まで情けないことを言った。

「まったく、しょうがないな。だが、確かに難問ではある」

夏木もいっしょに牛を眺め出したとき、

「あれ？」

玄関のほうで声がした。

誰か来たらしい。

「父上ではないですか？」

訪問者が言った。

「え？」

なんと、夏木家の三男坊の洋蔵が立っているではないか。

「なんだ、お前。どうして、ここがわかった？」

「わかったって、なんですか？　ここに住んでいる耕次郎という男は、わたしの友人なんですよ」

「友人？」

「届けものがあって」

と、洋蔵は持っていた風呂敷包《ふろしきづつ》みを持ち上げるようにした。

「なぜ、お前と耕次郎が友人なんだ？」

夏木は訳がわからぬといった口調で訊いた。

「何年も前に、骨董《こっとう》のことで知り合ったんですよ」

「骨董？　耕次郎に骨董の道楽なんかあるのか？　この家には、花瓶や掛け軸の一つも見当たらないぞ」

「耕次郎は、自分で飾るとか集めるとかじゃなく、地中から掘り起こすのがうまいんですよ。大昔の焼き物をね。それで、価値とか買い手の相談をしてきたのが、知り合ったきっかけでした」

「そうなのか」

「掘り当てることでは、独特の勘がありますよ。これも、あいつが武州《ぶしゅう》の奥のほうで発掘してきたものなんですがね」

洋蔵は風呂敷包みを解《ほど》いてみせた。

なかから、素焼きの壺《つぼ》らしきものが出てきた。

「いいかたちをしてるでしょう。たぶん、千年以上前のものだと思います。大陸の影響が強く感じられるんですよね」

どう見ても、ただの素焼きの壺である。

「こんなもの売れるのか？」

「それは、大昔のものが好きな人が、何人もいますからね。二十両なら買うという人を見つけてきましたよ」

「なるほど、そういうことか」

洋蔵はあいだを取り持って、いくばくかの手間賃を稼ぐのだろう。耕次郎も、書物代くらいはちゃんと稼いでいたのだ。

「でも、父上たちがなぜ、ここにいるんですか？」

と、洋蔵は訊いた。

「じつはな、その耕次郎が牛になってしまったかもしれないと、おやじの奈良屋から相談されたのだ」

「う、牛に……？」

唖然《あぜん》となった洋蔵に、夏木はざっと事情を説明すると、

「ははあ。だから、あいつ、牛なんか飼い始めたのか」

洋蔵が手を叩《たた》いて、笑いながら言った。

「どういう意味だ？」

「あいつはね、女に惚《ほ》れられて、困っていたんですよ。なんとか、相手を傷つけずに諦めさせたいって。気持ちの優しい男ですからね」

「では、牛になってしまったと思い込ませたかったのか」

「ええ。その娘さんは、今度こそ嫁に行けと、きつく言われているらしいんです。それで、耕次郎が牛になってしまったなら、諦めざるを得ないと思ったんでしょう」

「なるほど」

「逃げたんですよ、耕次郎は」

洋蔵は、同情よりも面白がっているみたいである。

「なんだ。乳やバタを採るためではなかったのか」

虎山はがっかりしたように言った。

「だが、洋蔵さん。その娘というのは、それほど、恐ろしげなのかい？」

藤村が訊くと、

「いいえ。そんなことないですよ。わたしも見たのは一度だけですが、見た目も愛くるしいし、耕次郎の生き方にも共感しているみたいでした」

「では、似合いの相手ではないか」

「わたしもそう思いました。でも、耕次郎のほうは、嫁などもらったら、いまの気ままな暮らしはできなくなるし、だいいち、相手は旗本のご息女なんだそうです」

「ははあ」

夏木は膝《ひざ》を打って、

「洋蔵。お前は、その娘がどこにいるかは知らないのか？」

「ええ。教えてくれなかったので。たぶん、相手を気づかったのでしょうが」

「わしは知っているぞ」

夏木がそう言うと、

「え？」

「知ってる？」

藤村も虎山も意外な顔をした。

「じつは、その真ん前の旗本屋敷にいるのだ」

と、夏木は言った。

「あ、あの人ですか」

作次が手を叩き、

「そうなのですか？」

洋蔵は驚いた。

「夏木さん、なんで知ってたんだい？」

藤村が訊《き》いた。

「じつは、さっき、向こうの屋敷の二階から、若い娘がじいっとこっちを見ていたのさ。わしらがなにをしているのか、心配だったのだろう。娘は耕次郎が牛になったという噂は耳に入れている。だが、半信半疑というところだろうな」

「おそらく耕次郎は、憎からず思っていたはずですがね」

洋蔵がそう言うと、

「であれば、二人をくっつけてやれなくもなさそうだな」

夏木は言った。

「やれたらいいですね」

洋蔵がうなずき、

「そういうことは、夏木さんにしかやれないね」

と、藤村が言った。

「作次、そこの旗本の名はわかるか？」

夏木が訊いた。

「たしか若松左門《わかまつさもん》さまとおっしゃったと思いますが」

「日光奉行《にっこうぶぎょう》をしていた若松かな」

「あ、確かそんなことを聞きました」

「であれば、伝手《つて》はあるが……」

と、夏木はなにか思案している。

「だが、父上。当人がいないんじゃ、くっつけようもないでしょう」

洋蔵が言った。

だが、夏木はハタと膝を打ち、

「いや、いま、閃《ひらめ》いたぞ。耕次郎は、いなくなってなどいない」

「え？」

洋蔵だけでなく、藤村も虎山も作次も、目を瞠《みは》った。

「牛は腹を空《す》かせて鳴いたりしておらぬ。ということは、ときどき餌を与えているということだろう。糞《ふん》は垂れ流しているはずなのに、土間もさほど汚れてはおらぬだろう。ちゃんと片付けているからだ」

「そう言われてみればそうだな」

虎山が牛の足元を見てうなずいた。

「しかも、ここに誰もいないのを見計らってそうした作業ができるということは……」

「おいおい、まさか……」

藤村が苦笑した。

「いや、この家にいるのだ」

「そういうことになるねえ」

「それで、たぶんわしらの話も聞いていたはずだ」

「どこだ、どこだ？」

それぞれ、押し入れを開けたり、二階を見に行こうとしたが、

「いや、そんなわかりやすいところじゃないな」

と、夏木は微笑んで、

「おい、耕次郎さんよ。もう、出て来たほうがよいな。あんたの策は面白かったが、いささか突飛過ぎたな。それに、ちゃんと顔を見せたほうが、意外に未来が拓《ひら》けるかもしれぬぞ」

と、家のあちこちに聞こえるような大きな声で言った。

ややあって、静まり返った家のなかに、
カタリ。

と、音がした。

「どこだ？」

皆、周囲を見回した。

畳の間と土間の段差のところの板が外れて、若い男が顔を出した。

「もぉーっ」

と、牛が一声啼《な》いた。

「どうも、お恥ずかしい次第ですが、これしか思いつかなかったもので」

這《は》い出てきた耕次郎は、立ち上がって、頭をかきながら言った。

「わしらの話は聞いていたな？」

夏木が訊いた。

「ええ」

「向こうの屋敷の娘御に慕われているのか？」

「ええ、まあ」

「直接、会って言われたのだな」

「道で、何度か会って話をしましたが、文ももらいました」

「耕次郎さんが好きだと？」

「はい」

「それで、耕次郎さんの気持ちだがな？」

「純粋な気持ちだけ言えば、わたしもあの人のことを好きになってしまいました」

「二人の気持ちがわかれば、あとはわしの舌先三寸だな」

夏木はそう言って、手早く襟を正し、着物の埃《ほこり》を払った。

八

夏木は、さっそく真ん前の若松左門の屋敷を訪ねた。

この際、わざわざ共通の知人を通すという面倒は避け、直接訪ねることにした。どうせ、日光奉行は五年ほど前に退いているので、いまは隠居同然で屋敷にいるはずである。

門のところで名乗ると、中間《ちゆうげん》が慌てて母屋のほうに行き、あるじに連絡した。

まもなく用人らしき武士が出て来て、夏木とやりとりがあったが、夏木は若松家の裏庭のほうへ向かうのが見えた。どうやら、ざっくばらんな話がしたいという夏木の希望が叶《かな》ったらしい。

藤村や洋蔵たちは、耕次郎といっしょに、こちらの家の垣根のなかで、なりゆきを見守るだけである。若松家の二階の窓には、娘の姿は見えていない。もしかしたら、父親や夏木と話をしているのかもしれない。

「えぇ。なんとも上品な名前でしてね。白百合《しらゆり》というんです」

「耕次郎さん。娘の名前は訊いてるんだろう?」

「白百合かぁ」

藤村は、朝飯に鯛《たい》の尾頭付きでも出されたような顔をした。

「わたしもその名前に腰が引けましてね」

「だよなあ」

「文なども上品でしてね。開くとぷうんといい香りがするんです。あれは白百合の花の匂いなんですかねえ」

「それに、お慕いもうしておりますとか書いてあるんだ? ひゃあ」

藤村は奇声を上げた。

「でも、当人は気取っているわけじゃないんですよ。わたしの野良《のら》仕事を手伝ってくれたこともありますし、虫なども平気で触りますし」

「向こうも変わってるんだね」

「子どものときから、あなたは変だと言われていたそうです」

「だったら、ますます耕次郎さんにぴったりだ」

藤村がそう言うと、虎山たちはいっせいにうなずいた。

四半刻《しはんとき》ほどして――。

夏木が門から外に出て来ると、

「耕次郎さん」

と、こっちを見て手招きをした。

「え」

耕次郎の顔が強張《こわば》った。

「行って来いよ」

洋蔵が耕次郎の背中を押した。

耕次郎が若松家に入って行くと、夏木は交代したみたいにこっちにやって来た。

「どうなったのですか？」

洋蔵が訊《き》いた。

「まだ、わからんよ。ただ、若松どのも、あの娘にはほとほと手を焼いていたらしい。とにかく、武士の嫁にはぜったいなりたくないと、無理やりさせるものなら、大川にでも飛び込むようなことまで言っていたらしい」

「武士の嫁のなにがそんなに嫌なんだ？」

藤村が訊いた。

「というか、刀を腰に差し、町人を脅して生きていくような人は大嫌いなんだそうだ」

「ふうむ。脅してるつもりはないけどな」

「といって、金儲《かねもう》けにあくせくする町人も嫌なんだそうだ」

「じゃあ、百姓か、あるいは職人の嫁にかい？」

「そこまでの気持ちはないみたいだがな。ただ、そんなとき、耕次郎さんの生き方を見て、あたしもあんなふうに生きたいと思ったらしい」

「ふうむ。まさか、娘は婿取りじゃないんだろう？」

藤村はさらに訊いた。

「いや、二男二女の末っ子だそうだ」

「だったら……」

「うん。それに、三名主の奈良屋の次男と聞いたら、若松の気持ちも動いたみたいでな」

「ははあ」

「ただ、耕次郎さんの自給自足の暮らしがな」

「見ようによっちゃ、こつじきか」

「紙一重だろう」

「それでわしが、耕次郎さんがやっていることはともかく、あれは学者なんだとしたらどうだと言ったんだ」

夏木がそう言うと、

「ああ、学者だ。あれは学者だ」

虎山が大きくうなずいた。

「虎山さんもそう思うか？」

「学者以外のなにものでもないだろう。耕次郎が毎日やっていることを書いて、一冊、上梓《じょうし》したら、もう文句のつけようのない学者だよ」

「それで、わしがそう言ったら、もう少し、それらしく世間体を整えてくれたら、考えないでもないとなってな」

「それを耕次郎さんと向こうの娘さんが納得するかどうかですね。たぶん、世間体なんて言葉は、凄《すご》く嫌がるでしょう」

と、洋蔵が言った。

「そうなんだよなあ」

夏木もうなずいた。

「夏木さん。娘とは会ったのかい？」

「ああ。話もした。いい娘だとわしは思ったよ。はっきり自分の考えを言うしな」

「名前、聞いただろ？」

藤村は、ニヤニヤしながら訊いた。

「ああ。白百合さん。見た目はまさに、白百合だったぞ」

「そうなのか」

「だが、ともに暮らすようになると、白百合は厳しくねえか。おい、白百合、そこの便所紙取ってくれ、とは言いにくいぞ。せめて、白は取って、百合だけにしてもらったほうがよくねえか」

「藤村。それは、大きなお世話だ」

夏木がそう言うと、皆、いっせいに笑った。

耕次郎はなかなか出て来ない。

夏木がなかにいたときの、倍ほどの刻限が流れた。

「まさか、お手打ちなんてことはありませんよね？」

作次が不安そうに訊いた。

「そんな馬鹿なことが……」

夏木は顔をしかめた。

そのときである。門がゆっくり、大きく開き始めた。

夏木たちはいっせいに門を凝視した。

なかから耕次郎が現われた。そのすぐ後ろから、若い娘が顔を見せた。

二人は門の前に並び、照れ臭そうに笑顔を見せた。

笑顔ですべては明らかである。

難問は解決したのだ。これで牛は本物の牛になり、若者と娘は、男と女になり、そして夫と妻になるのだ。

「おう、よかったのう」

夏木の声に、見ていた者は皆、いっせいにうなずいたのだった。

九

仁左衛門が初秋亭に来たのは、もう昼飯どきになろうかというころだった。

遅くなった言い訳は、道々、考えてあった。

永代橋の上で幼なじみとばったり会い、家にまで行って長話になってしまったというものだった。夏木も藤村も幼なじみだが、七福堂の近所で、水練をやらない連中のことは知らないから、「誰のことだ？」とも訊かれないだろう。

「いやあ、すっかり遅くなっちまって」

明るい声で言いながら、戸を開けた。

——ん？

誰もいない。戸は開け放したままである。突き当りの奥に見える庭のススキや萩《はぎ》が、いかにも涼しげに、秋風にそよいでいる。

——二人で飯にでも行ったのか。

と思い、帰りを待ったが、なかなか帰って来ない。ついには仁左衛門も空腹になって、台所に置いてあったそうめんを茹《ゆ》でて食った。

——面倒な依頼ごとでもあったのかな。

まさか斬り合いになったりすることはないだろうが、だんだん心配になってきた。

隣の番屋で訊いてみると、

「朝のうちに、よく来ている爺《じい》さんと、三人で出かけて行きましたよ」

とのこと。

その爺さんは、おそらく富沢虎山だろう。

――なんだよ。

除《の》け者にされたような気分になってきた。そんな気分になるのは珍しいかもしれない。あの二人とは、すっかり気心が知れ、互いの気持ちを忖度《そんたく》するような必要もなくなっていた。

――あっしに後ろめたい気持ちが生まれているからかも。

いま、つづけている秘密の情事が、ますます重たくなってきた。なんだって、こんなことになってしまったのか？

――地震の予感だ。

たまたましたその話で、かな女も同じ予感があると知り、いっきに気持ちが接近し合ったのだった。

――地震なんか来やしない。

あれは、正夢などではなかったのだ。始終見る、嫌な夢のひとつに過ぎなかったのだ。そういえば今朝だって、かな女が蛇になってしまって、あっしにからみつき、ぐいぐい締め付けられる夢で目が覚めたではなかったか。なぜ、そんな夢を見たかというと、かな女に感じ始めている鬱陶《うっとう》しさに加え、息子の耳次《みみじ》が背中から抱き着いてきていたからだった。あの日の地震の夢も、おさとが言っていたように、近くの工事で地面が揺れていたからに違いない。

——なんてこった……。

夏木たちがもどって来たのは、八つ半（午後三時）くらいになってからだった。

虎山もいっしょで、さも、初秋亭の一員みたいな顔をしている。

「やあ、七福堂。面白いことがあったのに、惜しかったなあ」

その虎山が言った。

「若隠居が、牛になってな」

夏木が言い、

「最後はめでたい話になっちまった」

藤村が笑った。

「なんだか、あっしなんかいなくても、初秋亭はやっていけるみたいだな」

仁左衛門は言った。

「え？　なに？　七福堂はひがんでるのか？」

虎山がからかうように訊《き》いた。

「ひがんでなんかいないよ」

そうは言ったが、仁左衛門は明らかにひがんでいた。

第四話　逆転の宝

一

夏木が浜町堀にある屋敷を出ようとすると、

「お前さま。じつは昨日、いい話があったのですよ」

と、妻の志乃が言った。

昨日は、夏木が遅くなったので、顔を合わさないまま寝てしまっていた。

「なんだ？」

「木挽町の七福堂に、八丁堀《はっちょうぼり》の与力《よりき》のご妻女が何人かお見えになるんですよ」

「八丁堀からだと近いからな」

「昨日、ちょうどあたしが顔を出したとき、そのうちのお二人と話がはずみましてね」

「おい、余計なことは言わぬほうがよいぞ」

夏木は眉《まゆ》をひそめた。

「あたしからは何も言いませんでしたよ。でも、夏木とだけ名乗ると、夏木新之助さまとはご親戚《しんせき》で？　と訊かれたので、新之助はわたしの子ですと」

「ふむ」

「すると、新しいお奉行さまの候補であられる新之助さまの？　と、もう知ってるじゃありませんか」

「それは与力あたりには伝わるのかもしれぬな。だいたい、町奉行などは、与力の手助けがなければ、とても務まるものではないからな」

むしろ実務に関しては、奉行はいなくても済むくらいである。

「そうなのですか。それで、お母さまがこうしたお店をなさっているというのは、新之助さまもさぞかし下情《かじょう》に通じていらっしゃるのでしょうなんて言われてしまいました」

志乃はそう言って、嬉《うれ》しそうに鼻の孔《あな》をふくらました。

「いい話というのはそれか？」

「よくないですか？　与力のご妻女たちに好意を持っていただいたら、当然、夫のほうにもそうした話をしますでしょう？」

「だからといって、決定にはなんの影響もないと思うがな」

夏木がそう言うと、

「では、なにが影響するのですか？」

志乃は不服そうに訊いた。

「それはわしにはわからんよ」

「まあ」

「もしかしたら、誰にもわからぬのかもしれぬ。そのときの機運みたいなことで決まったりする。要は運だ」

「運ですか」

「しかも、決まったから運がよかったとも限らぬ。むしろ、それが悪運の始まりかもしれぬ」

「まったく、お前さまのおっしゃることは、いつも訳がわからなくなるんだから」

志乃はむくれた。

だが、夏木はそういうものだと思っている。運の良し悪しなど、よほど長い目で見てみないとわからない。わかるのは、結局、この世に別れを告げるときかもしれない。

「では、わしは行くぞ」

「あたしもいっしょに」

志乃は、早春工房を手伝っている女中たちに先に行くと告げると、急いで夏木を追いかけて来た。

二人いっしょに、秋風のなかを深川に向かう。近くの武家屋敷から出て来た奥方らしき女が、夏木と志乃を見て、羨《うらや》ましそうに眉を上げた。

永代橋にさしかかったあたりで、

「それはそうと、発句の師匠の入江さんですけど」

志乃が遠慮がちに言った。

「うむ」

「早春工房に加えて欲しいと言ってきているのですが」

「そうなのか」

かな女からは、そんな話は聞いていない。だいたい句会のときは、句の感想などにほとんどの時間が取られるので、余計な話をしている暇はない。

「ただ、あの人の気質というか、望んでることというか、なにかあたしたちとは違う感じがするんですよ」

「それは、皆、違うだろう。あんたと加代さんだって、同じとは限らんぞ」

「でも、あたしと加代さんはいつも話し合って、こんなことがしたいというのはわかり合ってますから」

「だったら、かな女とも話し合えばいいだけだろう」

夏木がそう言うと、志乃はひとつため息をついて、

「それが、あの人は頭が良過ぎるんですかね、一人でどんどん先走るみたいな感じがして、いっしょになにかすると、いろいろ面倒なことが起きそうなんですよ」

「ははあ」

それはわかる気がする。かな女というのは、当人に悪意がなくても、なぜか騒ぎをつくってしまう。女に限らず、そういう人間はいるものなのだ。かな女の場合は、たぶん身体と頭をいっしょに使うのではなく、頭がどんどん先に行く。それは、発句を仕事にしていることも関係するのかもしれない。

「どうしましょう?」

「別に断わればいいではないか。いまは、人手は足りていると」

「構いませんか?　初秋亭の方たちの師匠でもあるわけでしょ?」

「そんなことはかまわぬさ」

夏木は、大川の流れをちらりと見て言った。

――ん？

足が止まった。

「どうなさいました？」

「いや、なんでもない」

大川の流れのなかに、見たことのない渦巻が見えたような気がしたのだった。

二

藤村慎三郎は、町内の金物職人の順吉《じゅんきち》の仕事場に来ていた。

このところ使ってなかった刀の鍔《つば》が、引き出しの隅から出てきた。同心だったころに、盗賊と斬り合いをしたときに歪《ゆが》んでしまったのをそのままにしていたのだが、久しぶりに見たら、落ち葉をかたどった意匠が、いまの自分の剣捌《けんさば》きにぴったりの気がする。それで順吉に修繕してもらおうと思ったのだ。

順吉は、こんな深川の場末で仕事をしているが、金物の職人として一流の腕を持ち、知る人ぞ知るという男なのである。鋳物から金細工まで、金物のことならなんでもやれるのも強みで、刀の鍔の修繕なんて朝飯前の仕事だろう。

「これはいいものですね」

と、順吉はその鍔を褒めた。

「親父が誰かにもらったらしいんだがね。落ち葉なんて、弱そうだというので使ってなかったみたいだけど、おいらは気に入ってたんだよ」

「いや、強い人がこういうのを使うのが粋《いき》なんですよ」

「まあな」

自分が強いかどうかはさておき、藤村もそう思う。

すぐにできるというので、置いてあった樽《たる》に腰を下ろして、順吉の作業を眺めることにした。

小さな金槌《かなづち》で、いろんな方向から鍔を叩《たた》いていく。たちまち、歪みは直り、もういいのではないかと思ったころ、

「あ、あの子だ」

通りに目をやった順吉が言った。

「ん？」

藤村も無意識のうちに順吉の視線を追った。

「ほら、あの、歩きながら、書物を読んでいる子どもですよ」

「ああ」

少年が、永代橋のほうからこっちに歩いて来ていた。

書物に目を落としたままだが、ときおりちらちらと、前は見ているらしい。

「ああやって、いつも書物を読みながら歩いているんですよ」

「ほう」

農政家として知られる二宮金次郎《にのみやきんじろう》の少年時代が、やはりそうだったとは聞いたことがある。

「しかも難しそうな本ばかりでしてね。あっしなんか、題字でさえ読めませんよ」

順吉が無筆に近いということも、ここらでは有名である。あれだけ立派な職人が、字がまったく読めないというのも不思議だと、軽蔑《けいべつ》ではなく、むしろ面白がられているらしい。

少年は、ちょうど順吉の仕事場の前まで来た。

——ん？

藤村は目を瞠《みは》った。

なんと、少年は書物を逆さまに持っているではないか。題字を見ると、『三国志演義』とある。しかも、和訳ではなく、原本みたいである。正しく持って読んだとしても、難しい書物である。

「たいしたもんでしょう」

順吉は自慢げに言った。

「まあな」

逆さまだとは言わない。それを言ったら、順吉を傷つけることになるかもしれない。

「このあいだ、あっしは、ねえ坊ちゃん、それにはどんなことが書いてあるんだい？　と、訊《き》いてみたんですよ」

「なんて言ってた？」

「じつはわかりませんと」

「そりゃそうだろう」

「でも、読書百遍、意おのずから通ずといって、何度でも読むうち、意味はそのうちわかってくるだろうって言うんですよ。感心じゃねえですか」

「ううむ」

逆さまに読んでいたら、意が通じる日が来るとは、とても思えない。

「このあたりに住んでるのか？」

と、藤村は訊いた。

「いや。向こうの屋敷のなかと言ってましたがね」

「向こうの屋敷？」

指差したほうにあるのは、忍藩《おし》の中屋敷である。地所は広大だが、ただ石川島を眺める海辺にあるので、敷地のほとんどは葦《あし》の原や湿地ではないか。

「でも、お武家さまの子には見えませんよね」

「ああ」

「中間《ちゅうげん》とか下男の倅《せがれ》ですかね」

「どうかな」

確かに少年は、忍藩邸のほうへ歩いて行く。書物から顔を上げようともしない。

興味は湧いたが、別に依頼もなければ縁もない。出しゃばれば、傍迷惑《はためいわく》となりかねない。そのまま見送るしかなかった。

「できましたぜ」

順吉が言った。鍔は見事に修復されていた。

三

この日の午後である。

藤村は大川の土手に出て、今日も金太に稽古《けいこ》をつけている。「いったい何の武術の稽古なんだ?」と訊かれたら困ってしまうが、要は喧嘩《けんか》が強くなる稽古である。だが、その前に、金太はこの稽古によって、数倍も体力が向上するはずである。むしろ、狙いはそっちにある。

「よし、うまいぞ」

いまは、棒を二本使っている。一本ずつ交互に、金太の顔や腹、足などに攻撃をかける。金太はそれをちゃんと手のひらで受けたり、腕で払ったりする。

「そうだ。のけぞりながら、横に動くんだ。うまいぞ」

藤村は金太をほめた。

じつは、自分でも面白くなってきた。いままで、教えるというのは苦手なことだと思っていたが、こうやって教えたことをきちんと守り、結果を積み上げてくれる相手がいると、こんなに面白いことはなかった。

この稽古を、夏木と仁左衛門も見に来ていた。

「なるほど。あれはいい稽古だね。あっしもやってみようかな」

「仁左は稽古なんかしなくても、あれくらいやれるだろうよ。お前が見かけによらず、身体が利くのは、昔からよくわかってるぞ」

水練も、もしかしたら仁左衛門がいちばんうまかったのではないか。

「そう言ってもらえると、あっしも嬉《うれ》しいよ」

「それより、藤村はだいぶ疲れてきたみたいだ」

「ほんとだ」

夏木と仁左衛門が見て取ったとおりに、藤村は疲れてきて、すぐ息が切れ、肩で呼吸をしている。

「よし、金太。今日はここまでだ」

「もっとやりたいよ」

「今日はこれから用事があるんだ」

嘘である。が、そう言わないと、諦《あきら》めそうにない。

「そうなんだ。じゃあ、明日もやってください、お師匠さま」

「わかった。明日のいまごろな」

金太は残念そうに帰って行った。

「まったく、子どもの体力には付き合い切れねえよ」

藤村はそう言って、夏木と仁左衛門のいるところにやって来た。

「だが、いい教え方だ。感心していたのだ」

「おいらも、いろいろ考えたからね」

「うむ。金太も足腰がしっかりしてきたしな」

「そうなのさ」

と、藤村は夏木たちの横に座りかけたが、

「ん？」

目を瞠った。

ここから五間ほど離れた土手のところに腰をかけているのは、順吉の店の前で見かけた少年だった。

「どうしたい、藤村さん？」

仁左衛門が訊いた。

「あそこに子どもが座ってるだろう」

「うん。書物を読んでる子だね」

「持っている書物をよく見てみな」

仁左衛門は目を細めてじいっと見つめ、

「あれ？　逆さまにして読んでるかい？」

「そうなんだ。昼前に金物職人の順吉の店の前でも見かけたんだ。順吉は、いつもああして書物を読みながら歩いてって感心してたけど、逆さまになってってな。順吉は、職人としての腕は凄《すご》いが、無筆だろう。気づかねえんだな」

「なるほど」

「教えてやりたくても、あまりにも熱心に読んでるんで、声をかけにくい雰囲気もあるのかね」

「『三国志演義』だね。あっしも読んだけどね」

仁左衛門は自慢げに言うと、

「わしも」

「おいらも」

皆、読んでいる。『三国志演義』は、江戸っ子には、昔から人気がある。

「ここらの子なのか？」

と、夏木が訊いた。

「向こうの忍藩の中屋敷にいるらしいよ」

「ふうむ。なかの下男の倅あたりかな」

「それにしちゃあ、ああして屋敷の外をうろうろしてるのも変だろう？」

「確かにな」

三人は、どういう子なのかと、じっと見つめた。

するとと、少年は見られていることに気づいたのか、ふいに立ち上がって、いなくなってしまった。

「訳ありっぽいよな」

藤村は、改めて興味を持った。

「あるな」

夏木もうなずいた。

すると、仁左衛門は、ハタと膝《ひざ》を打ち、

「もしかして、わざと逆さまにして読んでいるんじゃないのかい？」

と、言った。

四

「わざと逆さまに……？」

藤村が首をかしげると、

「だって、無筆の順吉は気づかないかもしれないけど、たいがいは気がつくだろう。そしたら、ふつうは教えるよ。おい、逆さまだぞって。それでもああして読んでるとしたら、わざと逆さまに読んでるってことじゃないか」

と、仁左衛門は言った。

「たしかに」

藤村はうなずいた。

「逆さまにして読むと、書物の意味が違ってくるのかね」

夏木はとぼけたことを言った。

「三国志演義を逆さまに読むと、曹操《そうそう》が赤壁の戦いで勝っちまうのかな」

仁左衛門が言った。

「はっはっは」

「あるいは関羽《かんう》と張飛《ちょうひ》が髭《ひげ》を剃《そ》っちまう」

「そりゃあ面白い」

「そういう芸があるのかもね。そういえば、なんて書いたかわからない文字を、ひっくり返してさらに透かして見せると、ちゃんとした字になってるというのを見たことがあったぜ」

「ああ、そういう芸はあるな」

夏木はうなずいたが、

「だが、あんなふうに熱心に読んだりはしないだろう」

「まあ、いろいろ訳ありかもしれねえが、依頼があったのでもないしな」

藤村は、本当は突っ込んでみたいのだ。

「それはそうだな」

ふと気づくと、外はもう暗くなっている。

「おい、もう暮れちまうよ。早いねえ」

「釣瓶《つるべ》落としというやつだな」

「そろそろ帰ろうか」

三人が立ち上がって、初秋亭のほうへもどったとき、

「斬り合いだ」

と、番屋に誰かが駆け込んで来たらしい。

「どこで？」

藤村が玄関口から身を乗り出し、報《しら》せに来た男に訊《き》いた。

「向こうの一手橋《ひとてばし》の前です」

一手橋とは、武家方《ぶけがた》一手橋ともいわれ、忍藩邸に行くためだけに架けられた橋の名である。そのわりに、手すりもある、なかなか立派な橋である。

顔なじみの町役人と番太郎が、刺股《さすまた》など捕り物道具を持って駆けつけようとするが、どこか腰が引けている。

「助けるか？」

夏木が言った。

「ああ」

藤村と仁左衛門も、向かおうとしたとき、

「どうした、どうした？」

と、ちょうど永代橋のほうから藤村康四郎と長助がやって来た。

「あっちで斬り合いです」

町役人が指差した。

「よし」

そのまま立ち止まることなく、康四郎と長助は駆けて行った。

二人の後ろ姿を見送って、

「康四郎もだいぶ慣れてきたな。斬り合いになるかもしれぬのに、まったく逡巡《しゅんじゅん》するようなようすはなかったぞ」

と、夏木は感心して言った。

「そうかね」

「もう藤村より腕も上なんじゃないのか」

「………」

いささかムッとすると同時に、それを喜ぶ気持ちもある。

「どうする？」

夏木が訊いた。

「いちおう、提灯《ちょうちん》くらいは差し出してやるか」

藤村は、仕方ないというふうに言った。

仁左衛門がすぐに提灯を二張り持ち出して来て、すぐに番屋の提灯から火を移した。

「行くよ」

三人が走り出したとき――。

康四郎と長助はすでに現場に来ている。

明かりは地面に落ちた提灯一張りだけだが、町全体の明かりで、影がよく見えている。五つの影が激しく動き回り、刀の打ち合う音が響き、刃から火花が飛び散るのも見えた。

二人対三人らしい。

「よせ。ここは公道だぞ!」

康四郎が叫ぶと、

「御用だ、御用だ」

長助が周囲に聞こえるように大声を上げた。

「糞《くそ》っ」

三人が康四郎たちを見て、逃げ始めた。

一人、ばたりと倒れたが、

「介抱はまかせます」

と、残ったもう一人に言って、

「追うぞ、長助」

「ええ」

二人は駆け出した。

このときちょうど、夏木たちがやって来た。

夏木たちが来ると、二人のうち、一人は地面に横になり、ぐったりしている。もう一人も腕を斬られたらしく、呆然《ぼうぜん》としている。

「しっかりしろ」

夏木が横になった武士を揺さぶった。斬られたのはわき腹らしい。血が染み出していて、どうやらすでに虫の息である。

「忍藩の方々かな？」

夏木が訊いた。

「…………」

答えない。が、藩邸の門が開き、武士が三名ほど飛び出して来た。

「大丈夫か」

「そなたたちは？」

まるで斬ったのが夏木たちのような目を向けてきた。

「わしらは近くの者だ。斬り合いと聞いて、駆けつけて来た。いま、町方の者が、斬った相手を追いかけている」

夏木が言った。

「さようか」

「早く手当てを」

「なかに心得のある者がいるので」

自分たちで運び込むつもりらしい。

「とりあえず、傷になにか巻いたほうがいいと思うぜ」

藤村が呆《あき》れたように言うと、仁左衛門が自分がしていた柔らかめの帯をほどき、倒れていた武士の腹に巻いてやった。

「あい済まぬ」

藩士からはいちおう感謝の言葉が洩《も》れた。

「戸板を持って来させよう」

出て来た三人のうちの二人は、藩邸内にもどって行った。

まもなく中間《ちゆうげん》二人が戸板を持って、いっしょに出て来たが、斬り合った相手を追いかけた康四郎と長助がもどって来た。

「逃げられたか？」

藤村が訊くと、

「ええ」

康四郎は悔しそうにうなずいた。言い訳はしないが、

「捕まえます」

と、藩士たちを見て言った。

「いや、調べはご無用」

いちばん年かさに見える藩士が硬い顔で言った。

「無用？　しかし、ここは藩邸内ではない、町人地ですぞ」

「斬られたのは、当藩の者だ」

「斬ったほうも？」

「いや、まあ」

返事を濁した。なにやら事情があるのだ。

「見かけたところでは、浪人らしかった。浪人者が、町人地で刀をふるって人を斬れば、それは町方の仕事の範疇《はんちゅう》です」

藩士たちは答えず、倒れた男を戸板に乗せて藩邸内に入ってしまった。

五

翌日——。

藤村康四郎と相棒の長助は、朝から昨夜の斬り合いの現場にやって来た。

地面には、はっきりと血の跡が残っている。父の話でも、

「ありゃあ、助からねえよ」

ということだった。

逃げたのは三人だった。大島橋《おおじまばし》のたもとで、一人が左に曲がった。長助がそっちを追いかけてもよかったが、康四郎は二人になったほうを追うように指図した。また、分かれたら、今度は別々に追うつもりだった。

ところが、二人になったほうを追いかけた途中で、子どもにぶつかりそうになった。それで康四郎がよろめいて長助にぶつかり、二人とも転んでしまったのだ。あれがなければ、追いついていたかもしれない。

「うう っ」

「よう、長助。おいら、昨夜、考えたんだけどさ。なんか、あの野郎に見覚えがあるんだよな」

と、康四郎は言った。

「康さんもかい。おれもだよ」

「やっぱり。おいらはあの髷《まげ》の感じなんだ。総髪を束ねていたけど、先っぽが開いたみたいになっていただろう」

「ほんとだ。おれは、もう一人の撫《な》で肩にも、覚えがあるんだよ」

「撫で肩な……二人いっしょにいるところを見たんだな」

「そうかも」

「どこで見たんだろうな」

康四郎は月代《さかやき》を撫でながら考えた。

「本所じゃないね。深川だ」

「深川の長屋だ……下駄《げた》屋があったんじゃないかな」

「下駄屋か。湯屋の近くじゃなかったかい？」

「近くだ。あいつら、二人そろって、湯屋から出て来たんだ。それで、下駄屋の路地を入って行ったんだよ」

康四郎は手を叩《たた》いた。

「そうだ。おれも思い出したよ。なんか、胡散臭《うさんくさ》いやつらだなって思ったんだ」

「おいらも長助も、だいぶ頭に入ってきてるよな」

「うん。こういうことがあると、自信持っちゃうね」

「とにかく湯屋と下駄屋のあるところを捜してみるか」

「そうしよう」

二人は深川一帯を歩き回ることにした。

むろん闇雲に歩くのではない。あいつらは富岡八幡宮《とみおかはちまんぐう》のほうへ逃げて行った。その方角から当たることにした。

ここらは、深川のなかでもごちゃごちゃしたところである。情緒などと言える雰囲気はまったく感じられない。

中島町、大島町《おおしまちょう》、そして深川蛤町《はまぐりちょう》。

蛤町界隈《かいわい》はとくにひどい。狭い通りに陽は当たらず、風も抜けず、なにもかもが行きどまりになってしまうような町並だった。

「いくら浪人とはいえ、二刀を差した者が、こんなところに住むかな」

と、康四郎は言った。

「やむにやまれずじゃないの」

「そうかな」

　蛤町の一画を抜けると、急に町並がさっぱりした感じになった。木が多いからかもしれない。ここまで通って来た道には、立木はおろか、鉢植えすらほとんど見かけなかった。

「ここは？」

「門前仲町《もんぜんなかちょう》だね」

「おい、長助」

　康四郎の足が止まった。前を見ていた目に笑みが現われた。

「あ」

　湯屋があった。そして、その数軒先に下駄の看板も見えた。

「思い出したぞ。あの路地だ」

「ああ、おれも思い出したよ」

「長助。見て来てくれ」

　康四郎は、定町回《じょうまちまわ》り同心の恰好《かっこう》である。

「わかった」

腰の十手を隠し、からげていた着物の裾《すそ》を下ろすと、ぱたぱたと皺《しわ》を伸ばすようにはたいた。

長助は路地に入って行く。康四郎は少し離れて、道端の柳の木陰に隠れるようにした。

しばらく待った。

――まさか、捕まったわけじゃないよな。

心配になったころ、長助はもどって来た。

「いたよ、康さん」

「そうか」

「入って左手の長屋のいちばん手前だ。洗濯していたおかみさんに訊《き》いたら、真壁《まかべ》という名の浪人で、一人で住んでいるが、ときどき別の侍も出入りしているそうだよ。顔はまだ見てないけど、人相を訊いたら、昨夜の連中に間違いなさそうだ」

「よし」

ずいぶん聞き込むことができたらしい。

「まさか、踏み込まないよね」

「今日はしないよ。もう少し、いろいろ探ってみてからだ。あの斬り合いだって、ただの喧嘩《けんか》じゃなかっただろうし」

「だろうね。忍藩の連中もあんなに嫌がってたんだから」

「まあ、藩士ってのは、だいたいなんでも隠したがるんだけどな」

「そうか」

「それでも、もうちっと調べてからにしよう」

住処《すみか》も名前もわかったのだ。

焦る必要はなかった。

六

この日は、夏木はまた猫捜しを頼まれ、仁左衛門も近くの隠居から囲碁の相手をしてくれと言われ、藤村は金太の稽古《けいこ》で土手に出て来ていた。

金太は自信がついてきたのか、やる気満々である。

「おい、金太。強くなったような気になって、喧嘩するつもりじゃないだろうな？」

藤村は訊いた。

「喧嘩はしたくないよ。でも、嫌なことは嫌だと言う」

「それでいい」

今日も、二本の棒を使った稽古を始めた。

「いいぞ、その調子だ」

昨日より、さらに動きがよくなっている。身をかわすコツを飲み込んだらしい。

子どもというのは、本当に上達が早い。

今度は短い棒を持たせることにした。これだけで、攻撃する力は格段に上がる。

「まずはそれで受ける稽古からだ」

「はい」

すぐにコツを飲み込む。

藤村のほうもうっすら汗をかいてきたとき、

「ん？」

金太は動きを止めた。

「どうした？」

「後ろ」

藤村の後ろを指差した。

三間ほど離れて、少年が立っていた。しかも、あの逆さま読みの少年である。

「なにか、用かな？」

「わたしにも武術を教えていただけませんか？」

「武術を？」

「いま、教えているやつです」

「教えないこともないが、名はなんというのだ？」

「裕太郎《ゆうたろう》といいます」

「幾つだい？」

「九つです」

金太が藤村を見た。

同じ歳なのだ。

「家はどこかな？」

しらばくれて訊いた。

「向こうにある忍藩の中屋敷の一室に、住まわせてもらっています」

「ほう。では、父は武士かな？」

「武士ではなかったのですが、藩士の待遇でした」

「ふうむ」

「受講料はいかほどですか？」

裕太郎は難問の答えを求めるような顔で訊いた。

「そんなものはいらねえよ」

「そうですか。ぜひ、お願いします」

「藩邸にいるなら、藩士からいくらでも習うことができるのではないのか？」

と、藤村は言った。

「あの人たちには相談したくないのです」

「そうなのか」

「それに、いずれあそこからは追い出されることになると思います」

つらそうに俯《うつむ》いた。

「なにゆえに武術を習いたいのかな？」

「わたしの父は斬られてなくなりました」

「いつ？」

まさか、昨日、斬られて死んだのが父なのか？

「一年前くらいです」

「そうか」

やはり、昨日の件は違ったらしい。

「わたしにもそういうことが起きるかもしれません」

「そうなのか」

「昨夜、同じ屋敷の方が襲われて、一人が亡くなったみたいです」

「あっちの藩邸の前で斬り合いがあったのは知ってるよ」

「はい。だから、わたしも」

「斬られたのは武士だったはずだがな」

「そうなのですが……」

それ以上の理由は言いたくないらしい。

父が殺され、藩邸にもいづらい雰囲気なのだろう。しかも、なにがしかの危機を感じていて、昨日の斬り合いからして、たぶんあり得ないことではないのだろう。こんな子どもには、かなり過酷な状況である。

——なんとかしてあげたい。

と、藤村は思った。

大人の武士が斬りかかるのを防ぐまで上達させるのは難しいにしても、武術に熱中することは、不安から逃れるのに役に立ってくれるかもしれない。

「よし、教えよう」

「よかった」

裕太郎の顔が泣きそうになった。よほど不安だったのだ。

「この子は金太だ。同じ歳だ。競い合って励んでくれ」

藤村がそう言うと、金太はうなずいた。

七

夏木は頼まれた猫捜しがうまくいった。猫はいなくなっておらず、押し入れの隅に潜り込んでいただけだった。

初秋亭にもどる途中、仁左衛門と行き合った。よくあることだった。

「よう。へボ碁の相手も終わったかい？」

「ああ。五局も打たされたよ」

「それはお疲れだな」

「でも、こんなに土産をもらったよ」

と、持っていた海苔《のり》の束を見せた。三人で食べても三月《みつき》分はゆうにある。

「凄《すご》いな」

「山本山《やまもとやま》のご隠居なんだよ」

室町《むろまち》にある有名な高級海苔屋である。

「そうだったのか」

歩きながら夏木は、

「ところで仁左。お前、近ごろ悩みがあるよな」

「え？」

「言いたくないならかまわんが、力になれることはないのか」

「…………」

仁左衛門は迷った。

やはり、夏木なら相談してもいいかもしれない。女との別れ話も、仁左衛門より
ずっと経験豊富なのだ。

「それがさ……」

言いかけたとき、

「あれ？　あそこは順吉の店だよね」

「ああ、そうだ」

「いま、出て来た侍は、昨日、忍藩の中屋敷から出て来たうちの一人だったよ」

「そうなのか」

武士はゆっくりと藩邸のほうへもどって行った。

「ちと訊《き》いてみよう」

夏木は仁左衛門を促して、順吉の店に入った。

「おや、初秋亭の旦那方《だんながた》」

順吉は、店先で腕組みをしていた。

「いま、出て行ったのは、忍藩の藩士だよな？」

夏木が訊いた。

「そうなんです。妙なことを頼まれましてね。この刀を磨いてくれとおっしゃってたんですよ」

膝《ひざ》の前にあるのは、桐の箱に納められた錆《さ》びた古刀だった。かたちからして、よほど大昔のものに違いない。

「これは鉄じゃないな」

「青銅ですよ。たぶん、千年以上、前のものだと思います」

「千年！」

「こういうものを、修繕していいんですかね。あっしは古いままで置いたほうが価値があると思うんですが」

「それは向こうにも言ったのか？」

「ええ。先崎《せんざき》さまとおっしゃるんですが、言いましたよ。下手に修繕などしないほうがよろしいのではとね」

「なんと？」

「刃に文字や文様が隠れているかもしれないんだそうです。それを見たいからとおっしゃってましたよ」

「ふうむ」

持ち主がそう言うなら、どうしようもないかもしれない。

「ねえ、夏木さま。そういうことは洋蔵さんに訊いてみたら？　さっき、早春工房にいるのを見かけたから、呼んで来ようか」

「そうなのか。では、頼む」

洋蔵は早春工房で新しい売り物の柄を決めるとき、意見を求められたりしているらしい。

さっそく、仁左衛門が洋蔵を連れて来た。

「ああ、これは修繕なんかしないほうがいいですよ」

道々、仁左衛門からざっと事情は聞いたらしく、刀を一目見ると、そう言った。

「やっぱりね。でも、刃の文字や文様は見たいらしいんですよ」

「それは、少し錆《さび》を落とすだけで見えるのではないかな」

「先崎さまと相談してみますか」

と、順吉は言った。

「父上、忍藩のものですって？」

洋蔵が訊いた。

「ああ、そっちに中屋敷があるのだ」

「忍藩のあたりは、古代の遺跡がずいぶんあるんですよ」

「そうなのか」

「どうも、あのあたりに力のある豪族がいたみたいです。江戸周辺より、あのあたりのほうが、いろいろ出土されるんですよ。この前、耕次郎の壺《つぼ》を見たでしょう？」

「ああ」

「あれも、あいつがあのへんで見つけてきたものですよ」

「そうなのか」

と、夏木はうなずき、

「だが、あんな斬り合いがあったあとに、こういうのが出て来るというのは、なにか関係があるのかな」

仁左衛門に向かって言った。

「そうかもしれないね」

夏木と仁左衛門のやりとりに、洋蔵と順吉はどういうことかという顔をするばかりだった。

八

「ほう。意外に身体はしっかりしてるのだな」

裕太郎の動きを見て、藤村は言った。

最初に、棒を突きかける稽古《けいこ》から始めたのだが、なかなかうまくかわしていた。

「ちゃんと、先を見るのだ」と教えれば、それがすぐにできてしまう。足腰も、細い足のわりに踏ん張りが利いている。

しばらくして、金太のほうが家の手伝いがあるとかで、先に帰って行った。

裕太郎一人になったあともしばらくつづけ、

「よし、今日はここまでだ」

と、切り上げた。

「ありがとうございました」

「武芸の稽古はしたことはあるのか？」

「ありません」

「走るのが好きか？」

「いや、とくに。でも、父のお供で、山に登ったりはしていました」

「山に？」

「大昔の貴族や豪族の家や、墓を調べたりしていたのです」

「へえ。そういうことを調べていたんだ」

「はい。それと、文献なども読んでました」

「裕太郎は読めるのか？」

「古文書の読み方は、父に習いましたから」

「でも、裕太郎は逆さまにして読むよな？」

「あ、ご覧になってましたか」

「うん。わざとそうしてるんだろうとは、仲間内で言ってたんだけどな」

「はい。あれも稽古なんです」

「稽古？」

「ええ、まあ」

そう言って俯《うつむ》いた。

「無理に話せとは言わねえが、助けてやれることがあるかもしれねえよ。おいらたちは、このあたりで暇つぶしみたいに人助けをしてるんでな」

「そうなんですか」

と、まぶしそうに藤村を見て、

「わたしもよくわからないことはあるんですが、父が忍藩に雇われたのは、たぶん藩内にあるお宝のことを調べるためだったんです」

「お宝？」

「でも、父を雇った人は、昨年、藩から出てしまったんです」

「ふうん」

「それでも、父にいろいろ協力を求めてまして」

「要は、お宝を狙ってるんだな」

「そうだと思います。すでに藩士になっていた父は、協力を断わると、怒ったみたいなんです。それで……」

「斬られたのか?」

「ええ」

と、辛《つら》そうにうなずき、

「お宝のことというのは、おそらく藩史を読めばわかるのだと、父は言ってました」

「藩史ねえ」

藤村には縁のない世界である。

「でも、藩史にはいろいろ都合の悪いことも書いてあるらしく、書庫から持ち出すことは禁じられていて、藩の重臣になるような人だけが、書庫に座って読めるだけみたいなのです」

「じゃあ、お父上も?」

「読んだことはありません」

「そうか」

「ただ、じつは書庫の壁に穴が開いてまして……」

そこで裕太郎は口ごもった。

　藤村はニヤリと笑って、

「ははあ。裕太郎の逆さま読みの魂胆はわかったぜ」

「わかりましたか」

「持ち出し禁止の藩史は、壁の前の机の上に置いて読むわけだ。それを隣の部屋ののぞき穴から見れば、藩史は逆向きに見ることになる。それでも読めるように稽古していたわけだ」

「そういうことです」

「ははあ。面白いな。裕太郎にしたら、それどころじゃないだろうが」

「ええ。わたしは面白いどころか、もしかしたら父の敵を討てるかもしれないので」

「父の敵とかは考えないほうがいい。でも、おいらたちの仲間が協力し合うと、裕太郎の力にはなれるかもしれねえよ」

「そうですか」

「とりあえず、おいらの仲間と顔合わせをさせよう」

　と、藤村は土手を上って、裕太郎を初秋亭に案内した。

九

「そうか。それで、逆さまに読んでいたのか」

夏木は大きくうなずいて言った。

「でも、裕太郎さんは大変だね」

仁左衛門は同情した。

「おいらもなんとかしてやりてえんだがね」

藤村は、畏《かしこ》まっている裕太郎の肩を叩《たた》いて言った。

「だが、藩のお宝のことなら、わしらが首を突っ込むことを嫌がるだろうな」

「言わずになにかやれないのかい？」

仁左衛門が不満そうに言った。

「これは忍藩の内部に知り合いでもいないと難しいのう」

「夏木さまでも伝手《つて》はないのかい？」

「旗本ならまだしも、他藩の藩士ではなあ」

「町方の介入もあれだけ嫌がっていたくらいだからなあ」

藤村も頭を抱えた。

「ところで、そのお宝というのは、順吉のところに来ているやつと関わりはないのかね」

と、仁左衛門が言った。

「順吉のところに？　なんだ、それは？」

藤村が訊《き》いた。

「あ、藤村さんは見てないか。さっき忍藩の先崎って藩士が、順吉のところに古い刀を持ってきて、修繕を頼んだんだよ。でも、こういうのは修繕などしないほうがいいんじゃないかと、洋蔵さんまで呼んで来て、見てもらったんだよ。洋蔵さんも、修繕なんかしちゃ駄目だって意見だったよ」

「そんなことがあったのか。どう思う、裕太郎？」

藤村が訊いた。

「その古刀とお宝は、関わりがあると思います。でも、先崎って藩士とおっしゃいましたね？」

「そう名乗ったらしいよ」

仁左衛門は答えた。

「その先崎さまなら、話を聞いてくれるかもしれません」

一同を見回して、裕太郎は言った。

「頭が硬くはないのだな？」

夏木が訊いた。

「はい。おやさしい人です。本当なら、わたしはすでに追い出されてもおかしくないのですが、先崎さまが可哀そうだからと、いるように言ってくださったのです。わたしの相手をしたり、気にとめてくださっているのも、先崎さまだけなんです」

「そうか。そういう人柄なら、こっちが腹を割って、忠告してやってもいいかもしれないな」

夏木は言った。

「どう忠告するんだい、夏木さん？」

「おそらく脱藩した元藩士は、宝がなんであるか、わかっておらぬのだ。同じく藩内の者もな。それで、まずはこの裕太郎に藩史を読ませ、お宝の正体がなにかを知るべきだろうとな」

「では、先崎さまに来てもらいましょうか？」

と、裕太郎が言った。

「できるのか？」

「たぶん」


それから半刻《はんとき》後——。

裕太郎とともに、初秋亭に顔を見せた忍藩の藩士が、

「中屋敷の用人をしております先崎卓蔵《たくぞう》といいます」

と、挨拶《あいさつ》した。

「お若いのに、用人をなさっているとは、たいしたものだ」

夏木が感心した。

「いいえ、力不足でして。先夜は、当家の騒ぎに駆けつけていただいたのに、お礼もせず、失礼いたしました」

「それはもういいでしょう。おいらたちは、たまたま知り合ったこの裕太郎の悩みを解決してやりたいだけでね」

と、藤村が言った。

「ええ」

「貴藩の藩士を斬った男は、裕太郎の父も斬ったんじゃないのかい？」

「藩邸の外で斬られたので証拠はないのですが、わたしはそう思っています」

先崎は、一度、裕太郎の顔を見て、うなずいた。

「元藩士なわけだ？」

「ええ。真壁三八郎《さんぱちろう》といいまして、じつはわたしの前に中屋敷の用人をしておったのです」

「なるほど」

「真壁は、以前から当藩には昔の財宝が隠されているのだとは公言しておりまして、自分でもいろいろ手だてを尽くして探っていたのです。ただ、真壁は藩金の使い込みなどもやっていて、それがばれそうになり、先手を打って、脱藩してしまったのです」

「なるほど」

「だが、藩外に出てからも、財宝を狙う気持ちは捨てておらず、浪人を集め、盗掘に動き出していたのです」

「ほんとにあるのかい？　財宝は？」

藤村が訊いた。

先崎は、王手飛車取りでも指《さ》されたように眉《まゆ》をひそめ、

「それは、当藩の者も半信半疑なのです」

「詳しく調べた者もいるんだろう？」

「なんですかね。それに関わった者は皆、欲に取りつかれたみたいにおかしくなってしまうのです。われらは、古《いにしえ》の呪いだと言ってました」

「ははあ。それはよく聞く話ですよね」

と、仁左衛門が言った。

「脱藩した真壁三八郎もその一人なのだと思います」

「だが、真偽を確かめる方法はあるみたいだぞ」

夏木は言った。

「どうやってです？」

「この子に藩史を読ませてみればよい」

夏木は裕太郎の小さな肩をそっと押した。

「裕太郎に？」

「亡くなった父も藩史を読めばわかると言っていたそうだぞ」

「そうなのか、裕太郎？」

先崎は裕太郎に訊いた。

「はい。そう申しておりました」

「この子が人並外れて賢いことは、もちろん承知していますが、藩史を読んでそれがわかるとは……」

信じられないらしい。

「先崎さまはお読みになっている？」

藤村が訊いた。

「ええ、でも、お宝のことなど気づきませんでした」

「とりあえず読ませてみてはいかがかな。もちろん、わしらは読みません」

「わかりました」

先崎はうなずいた。

十

一方――。
藤村康四郎と長助は、この日はずっと、門前仲町の長屋に住む真壁という浪人者を見張っていた。

二、三日は張り込むつもりだったが、この日の夕方近くなって、真壁ともう一人の浪人は長屋を出た。
「動いたな」

「ええ」

康四郎と長助は跡をつけた。

このあいだの逃げ道と同じ道を、逆に行っているらしい。

「あいつら、またあの藩邸に行くつもりなのかな」

「そうみたいだね」

「また、誰かを斬るつもりなのか」

「どういうんですかね」

「あのときも、どういう経緯《いきさつ》で斬り合いが始まったのかはわからないしな」

「どっちが先に抜いたのかも見てないしね」

「そうだよな。もしかしたら、ただの喧嘩《けんか》で、忍藩の藩士のほうに非があったのかもしれないわけだ」

「だったら、町方の介入は嫌がるよね」

「慎重に進めないと、いろいろ面倒なことになるかもな」

「そうだね。でも、血気にはやったやつらだから、いきなり暴れ出すかもしれないよ」

「そんときは、やるしかねえ。二人だけど、大丈夫だな」

康四郎は歩きながら長助を見た。

「大丈夫。まずは、おいらのつぶてを二人の顔面に叩《たた》きつけてやるよ」

長助は袂《たもと》に入れた石をかちかちさせた。喧嘩慣れしている。さすがに、あの鮫蔵が育てた弟子なのだ。

「ああ、頼むぜ」

越中島の忍藩の中屋敷ちかくまで来た。だいぶ暗くなってきたので、康四郎と長助はあいだを詰めた。

藩邸の前に一人、立っていた。

「おい、長助。あいつは、昨夜追っかけたやつだろう」

「そうだね」

「一人、増えちまったぞ」

「ちっとやりにくくなりましたね」

やつらは、一手橋の近くで、木陰に潜むようにした。

「藩士の出入りでも待つみたいだな」

「そうだね。昨夜、中途半端になった件に、ケリでもつける気かね」

「そうだな」

康四郎たちも五、六間離れたあたりの木陰に隠れて、なりゆきを見守ることにした。

まもなく、藩邸の門が開いた。

大人が四人、子ども一人がなかから出て来た。

大人四人のうちの三人は、初秋亭の三人ではないか。

康四郎は目を瞠《みは》って、

「おい。なんてこった。今度はおやじたちが出て来たぞ」

「おやじさん、なに、してたんだろう？」

「さあな」

康四郎たちは、さっぱりわからない。

「いやあ、驚きましたな」

門の前で立ち止まって、先崎が言った。

「指摘されてみればといったところかな？」

夏木が訊《き》いた。

「そうなのです。わたしも読んでいたのに、まさかあれが宝のことだったとは。裕太郎はなんとしても、当藩にいて、立派な学者に育ってもらいましょう」

「よかったじゃねえか、裕太郎。ご用人が、おめえの身分を保証してくれたぜ」

「ほんとだ。もう、書物を逆さまに読んだりせず、ちゃんとまっすぐにして、いっぱい読まなきゃいけないよ」

藤村や仁左衛門もわがことのように喜んでいる。

そのとき、一手橋のところに、三つの人影が現われた。すでに顔の判別がやっというくらいに暗くなっている。

「真壁……」

先崎の声が緊張した。

「ちょうどいい。先崎、そなたに話があったんだ」

と、真壁が嫌らしい笑みを含んだ声で言った。

「あんたは、もう当藩とはなんの関係もないのだ。話もない」

「まあ、そう言うな。なにもおれたちは、むやみに斬るつもりじゃなかったんだ。このあいだも、そっちが刀に手をかけたのでな」

「嘘をつけ。抜いたのはあんたが先だっただろう」

先崎がそう言ったとき、

「この人です、父を斬ったのは。父は、正式に藩と話をつけてくれなければ、調査はできないと言うと、激昂《げきこう》していきなり斬ったのです」

裕太郎が真壁を指差して言った。

「なんだ、この小僧は？」

真壁が訊いた。

「中川陽斎《なかがわようさい》さんのご子息だよ。身の危険を感じたとき、この子をすばやく遠ざけたから、あんたは気づかなかったのだろう」

「しょうがねえな」

真壁は居直ったような態度に変わった。

「おい、藤村」

夏木が小声で言った。

「ああ。わかってる。仁左。裕太郎をかばってくれ。先崎さんは、武芸のほうじゃ頼りになりそうもねえ」

「なかに助けを求めるよ」

「その前に、ケリがついちまうよ」

藤村が言ったときだった。

「おい、真壁とその一味！」

薄闇のなかから声がして、現われたのは藤村康四郎と長助だった。

「なんだ、てめえは」

真壁たちは、いっせいに康四郎のほうを向いた。三人とも刀に手をかけている。

「町方の者だ。浪人者がこの町人地で人を斬れば、おいらたちが捕縛する。神妙にしな」

なかなかいい啖呵《たんか》ではないか。

「なんだと」

真壁たちがいっせいに刀を抜き放ったとき、
ごつっ。

という音がして、真壁の動きが止まった。

さらに、同じような音が二度して、

「たあっ」

康四郎が掛け声を上げながら、三人の浪人者のあいだをすり抜けた。

「ううっ」

三人は顔と腹を押さえながら、崩れ落ちていく。

「ほう」

「へえ」

「たいしたもんだね」

初秋亭の三人はなにもしていない。

いまもただ、感心するばかりである。

真壁たち三人は、長助によって、たちまち後ろ手に縛り上げられた。

「真壁さん。じつは、先ほど当藩の宝のことで、真実が明らかになったんですよ」

と、先崎が顔を腫《は》らした真壁に言った。

「なに？」

「裕太郎。教えてやりなさい」

裕太郎はうなずいて、

「宝は、青銅の刀が数本と、勾玉《まがたま》という飾りの石が山ほどなんですよ。大昔は、物《もの》凄《すご》い宝だったでしょうが、いまはまあ、よほどそっち方面に知識がある人以外、ギヤマン程度の価値もありません。期待したのでしょうが、金などはひとかけらもありませんよ」

「……………」

真壁たちは、顔をそむけたまま、一言もなかった。

十一

書物を逆さまに読む裕太郎の謎が解決された翌日——。

江戸は晴れ渡り、しかも朝から気温はぐんぐん上がって、まるで夏がぶり返したような暑さになっていた。

この日、夏木家には評定所《ひょうじょうしょ》からの使いが来ることになっていた。

おそらく結果は、昨日、決まっているはずである。その結論を確認し、改めて今日、使者がやって来るのだろう。

「お前さま。お着物はそれでよろしいのですか」

志乃が夏木を見て言った。

「わしまで裃《かみしも》を着ろというのか」

夏木権之助は奥に引っ込んで、挨拶《あいさつ》するつもりはなかったのだ。

「当然でしょう」

「わかった、わかった」

奥に引っ込み、裃に着替えた。

新之助はとうに裃姿になっている。顔は緊張のため、青ざめているようだった。

「遅いですね」

「そんなに早く来るものか」

だが、ついに使者の到着を告げた。

夏木たちは、玄関の前に正座して、使者を待ち構えた。

厳かな表情で使者は玄関に入った。

吉と出るか、凶と出るか。

そのとき、夏木は自分の身体が大きくぐらりと揺れるのを感じた。

――めまいか。

一瞬そう思った。またあの、中風がぶり返したのかと。

そうではなかった。

同じころ――。

藤村慎三郎は、康四郎がすでに家を出たころ、のそのそと起き出し、加代が庭で洗濯をする音を聞きながら、朝飯の席に着いた。

たいした用意がしてあるわけではない。

膳《ぜん》の上に、冷たくなった汁と、納豆とたくあんのおかずと、空の飯茶碗《めしぢゃわん》が載っているだけである。飯は、おひつから自分で盛って食べるのだ。康四郎といっしょに膳に着けば、飯ぐらいはよそってもらえるのだろうが、遅く起きるかわりに給仕はしないというのが、隠居後の習慣になっていた。

食欲がないので、飯は軽くよそった。

——少し痩《や》せたかもな。

誰かに言われたわけではないが、自分でそう思った。片方の手で、もう片方の手首を握ると、以前は指同士が届かなかった。それがいまは届く。

「夏痩《なつや》せと答えてあとは涙かな」

自分でつぶやいて、苦笑した。夏痩せではなく、恋痩せなのだという有名な句である。そんな色っぽい心境とも、すっかりご無沙汰《ぶさた》だった。

——色気がなくなると、人生のおしまいが近いのかもな。

そう思った。

冷たい汁を一口飲み、たくあんを嚙《か》みながら、飯を頰張ろうとしたとき、急に吐き気を感じた。我慢するように口のなかのたくあんを飲み込もうとしたが、それが強い力で押し出された。

「げほっ」

思わず受けた手が赤く染まった。血だった。

そのとき、洗濯を終えたらしい加代が、庭から上がって来て、藤村の手元を見た。

「お前さま、それは！」

悲鳴のような声を上げて、駆け寄って来たとき、家全体が、どーん。

と、下から突き上げられ、衝撃で加代が倒れ込んだ。

やはりそのころ――。

七福仁左衛門は、永代橋を渡っていた。日差しは向かおうとしている深川の真正面からきていて、その照りの強さには圧倒される気がするくらいだった。

――こんな光景は見たことがあったな。

仁左衛門はなんだか嫌な気がした。

その気持ちの正体を確かめようとしたとき、橋の途中にこっちを見ながら微笑んでいる女がいるのに気づいた。

——嘘だろう。

女は、入江かな女だった。

「待ってたの」

と、かな女は言った。

「いまから、行くとこだったんだよ」

毎朝、来てと言われているのだ。じつは、今日も行きたくなかったのだ。こんな日はさっさと初秋亭に入って、ゆったり茶の一杯も飲みたい気分だった。

「でも、待ち切れなくて」

「往来だよ」

「いいの」

「なにが」

「あたしは自分の気持ちを正直に出したいから」

そう言って、かな女は仁左衛門にからみついてきた。

「よしなってば」

腕をほどこうとしたが、さらに抱き着いてくる。

「あら？」

かな女の表情が変わった。

視線は仁左衛門の背後にある。

「え？」

仁左衛門は慌てて振り向いた。

おさとが立っていた。耳次を背負っていた。いまから、早春工房に行くところだったのだろう。そういえば、いま、新しい商品の売れ行きが凄《すご》すぎて、袋詰めを手伝っているのだと言っていた。

「あんた……」

おさとの口が動いたのがわかった。

そのとき、おさとの身体が揺れた。

おさとばかりか、風景までが、右に左に揺れていた。

江戸の大地が動き出していた。

それは誰も体験したことのない、凄《すさ》まじい震動の始まりだった……。

本書は書き下ろしです。

変身《へんしん》の牛《うし》

新《しん》・大江戸定年組《おおえどていねんぐみ》

風野真知雄《かぜのまちお》

令和4年 10月25日　初版発行
令和6年 12月15日　再版発行

発行者●山下直久

発行●株式会社KADOKAWA
〒102-8177　東京都千代田区富士見2-13-3
電話　0570-002-301（ナビダイヤル）

角川文庫 23299

印刷所●株式会社KADOKAWA
製本所●株式会社KADOKAWA

表紙画●和田三造

ISBN 978-4-04-112590-8　C0193

◆◆◆

角川文庫発刊に際して

角川源義

　第二次世界大戦の敗北は、軍事力の敗北であった以上に、私たちの若い文化力の敗退であった。私たちの文化が戦争に対して如何に無力であり、単なるあだ花に過ぎなかったかを、私たちは身を以て体験し痛感した。西洋近代文化の摂取にとって、明治以後八十年の歳月は決して短かすぎたとは言えない。にもかかわらず、近代文化の伝統を確立し、自由な批判と柔軟な良識に富む文化層として自らを形成することに私たちは失敗して来た。そしてこれは、各層への文化の普及滲透を任務とする出版人の責任でもあった。

　一九四五年以来、私たちは再び振出しに戻り、第一歩から踏み出すことを余儀なくされた。これは大きな不幸ではあるが、反面、これまでの混沌・未熟・歪曲の中にあった我が国の文化に秩序と確たる基礎を齎らすためには絶好の機会でもある。角川書店は、このような祖国の文化的危機にあたり、微力をも顧みず再建の礎石たるべき抱負と決意とをもって出発したが、ここに創立以来の念願を果すべく角川文庫を発刊する。これまで刊行されたあらゆる全集叢書文庫類の長所と短所とを検討し、古今東西の不朽の典籍を、良心的編集のもとに、廉価に、そして書架にふさわしい美本として、多くのひとびとに提供しようとする。しかし私たちは徒らに百科全書的な知識のジレッタントを作ることを目的とせず、あくまで祖国の文化に秩序と再建への道を示し、この文庫を角川書店の栄ある事業として、今後永久に継続発展せしめ、学芸と教養との殿堂として大成せんことを期したい。多くの読書子の愛情ある忠言と支持とによって、この希望と抱負とを完遂せしめられんことを願う。

一九四九年五月三日